ビギナーズ・ライブ！

保坂祐希

集英社文庫

目次

第1章　それぞれの暗夜　9

久能木陽菜＆マウントガールズ ／ 陽菜の小躍り ／
二階堂有起哉の絶望 ／ 小手川康夫の苦悩 ／
鈴賀祐太郎の憂鬱

第2章　烏合の黎明　59

いけすかないオトコ ／ ザ・オーディション ／
なにわルーキーズ ／ ハッシュタグ「ビギナーズ・ライブ」 ／
負け犬のバイト料

第3章　崖っぷちの昼下がり　133

異次元のテコ入れ ／ ラジオドラマ『みちのく食堂』 ／

恋をしたから

第4章　おっさんず黄昏　179

瓢簞から謝罪行脚　／　第一夜「幼な妻（だった）浩子」／
第二夜「起業家エミさん」／　第三夜「謎のオンナ、愛美」／
第四夜「パパ、いつ帰ってくるの？」

第5章　あの夜を越えて　241

新たなドラマ　／　夕暮れの風に吹かれて

エピローグ　271

それぞれの明日はどっちだ　／　星のまたたく夜に

ビギナーズ・ライブ！

第1章　それぞれの暗夜

久能木陽菜（くのきひな）&マウントガールズ

披露宴が始まる時間ぎりぎりに駆け込んだ一流ホテルのロビーには、バロック音楽が控え目に流れていた。

が、優雅な気分に浸る暇などない。握りしめている招待状に記載されていた会場を探し求め、エスカレーターで三階まで駆け上がる。

ちょうど、スタッフが会場の扉を閉めようとしているところだった。

「すみません！　入ります！　入ります！」

バス停で『乗ります、乗ります』と駆け込み乗車する人みたいに叫んでいた。

黒いスーツを着たスタッフが、扉に手をかけたまま慇懃（いんぎん）に微笑（ほほえ）んでいる。遅ればせながら、自分の場違いな言動への羞恥心が湧き上がった。しかし、恥ずかしがっている暇もない。

「し、失礼します」

恐縮しつつ黒服の前を速足で通り過ぎ、息を整えながらホールに足を踏み入れた。

ヒールの底を通して感じられる絨毯（じゅうたん）の厚み。真っ先に目に入るのは、天井でキラキラと光を弾（はじ）いている巨大なシャンデリア。

思わず入口に立ち尽くし、ぼーっと会場内を見回していた。

純白のクロスが掛けられた円卓は、ざっと見渡しただけで二十卓以上あり、それぞれの中央には、カラフルな生花に囲まれた背の高いキャンドルが飾られている。

——今までに出席した披露宴の会場の中で一番豪華かも……。

いやいや、感心してる場合じゃない。新郎新婦の入場を待つ招待客たちはもうそれぞれのテーブルに着席して談笑している。

我に返り、とにかく自分の席に着かなくては、と名札があるはずのテーブルを探した。

「陽菜！　ここよ」

自力で席を見つける前に、聞き覚えのある声に呼ばれた。

「わ、美南（みなみ）！　久しぶり」

笑顔で手招きしている美南のテーブルには、大学卒業以来、四年ぶりに見る顔が揃（そろ）っている。

「わ！　みんな、元気してたん？」

色とりどりのドレスをまとった若い女性たちが囲むテーブルは、この会場で最も華やかなテーブルのひとつと言っても過言ではないだろう。自分が着てきたミントグリーンのシンプルなワンピースがひどく地味に思えてくる。

「もー、陽菜ってば、『元気してたん？』なんて、すっかり関西弁になっちゃって」

大学時代もムードメーカーだった綾乃(あやの)が、陽菜の関西弁を冷やかす。みんなも、「ほんとだ」と、笑いさざめく。

大学卒業後も東京で働いている他のメンバーと異なり、陽菜は大阪の会社に就職した。色々あって実家には帰りづらく、これまで帰省もしていない。

職場の人たちには『陽菜ちゃんは、いつまで経(た)っても関西弁にならへんね』と感心される。だが、ずっと東京に住んでいる彼女たちの耳には、同級生のイントネーションの微妙な変化がわかるらしい。

「ふとした時に出るんだよね、関西弁」

えへ、と照れ隠しに笑う陽菜に、美南が掌(てのひら)で隣の席を示す。

「陽菜。ほら、座って、座って。もうすぐ新郎新婦の入場よ」

促されるまま席に着く。

目の前にはゴールドの縁取りがある高級そうな大皿があり、その向こうに『久能木陽菜様』の名札があった。

やっと落ち着いて、久しぶりに会う同級生の顔を見渡す。

「みんな、変わらないね」

笑われた関西弁を封印し、意識して標準語で喋(しゃべ)った。すると、斜め前に座っている綾乃が、露骨に不愉快そうな表情を浮かべた。

――しまった。ここは綺麗になったね、と褒めるべき場面だった。

「いや、みんな大人っぽくなって垢ぬけたけど、雰囲気はあのころと変わらず若々しいなー、って、意味で。うん。いい意味で」

陽菜が必死になって取り繕おうとした時、会場の明かりがゆっくりと落とされた。と同時に場内の雑談の声も低くなり、やがて全ての音が消滅する。

ひな壇の横に立つ女性司会者にライトが当たった。テレビで見たことのある顔だ。地味なスーツ姿だが、メディア出身者のオーラが半端ない。

「間もなく、新郎新婦の御入場です。皆さま、拍手でお迎えください」

さすが、言葉のアクセントも完璧だ、と陽菜は聞き惚れる。すると、綾乃が、

「あのアナウンサー、元東都テレビのニュースアンカーでしょ？　披露宴二時間の拘束でいくらなのかしら」

と、興味津々の顔で言う。

――え？　そこ？

驚く陽菜の横から美南が「一本らしいよ」と人差し指を立てる。

「え？　二時間で十万円もするの？」

破格の時給に驚く陽菜を後目に「百万よ。あのレベルの司会者になると、お車代込みでそれぐらい」と美南が訂正して笑う。

「マジで？」

陽菜が聞き返すのと同時に、会場の入口にパッと強い照明が当たった。

わっ、と歓声が上がり、姿を現した新郎新婦に対し、盛大な拍手が巻き起こる。

最初の入場は豪華な和装だった。

金糸銀糸の刺繍が施された深紅の打ち掛けが、色白の由里によく似合っている。

髪はオーソドックスな鬘を使わず、地毛をゆったりと結い上げて簪を飾る、いわゆる大正ロマン風のヘアスタイルだ。

「由里ちゃん、めちゃくちゃ綺麗……」

思わず、溜息が漏れるほど、かつての同級生は美しくなっていた。

大学時代はいつも一番後ろを歩いていた。控え目で人見知りだった女の子が、今は堂々と笑顔を浮かべ、新郎の横でゆっくりとお辞儀をする。その姿に胸が熱くなった。

知らず知らず目頭が熱くなるのを覚えながら、祝福の拍手を送っていた。

新郎は少しぽっちゃりしているように見えるが、紋付き袴がよく似合い、優しそうな笑顔に好感が持てる。

「由里！　おめでとう！」

「由里ちゃん、綺麗よ！」

「あとで一緒に写真撮らせてね！」

「由里ちゃん、お幸せにね！」

そうやって、入場の時にはお祝いの声を掛けていた同級生たちだったのだが……。

お色直しのために新郎新婦が退出し、コース料理が振る舞われ始めた途端、綾乃たちが雑談を始めた。

「ご主人、山村グループの創始者の孫で、総資産三十億だって」

声のトーンは落としているものの、少なくとも陽菜の席までは聞こえる声量だ。

「え？　マジで？　由里ってば、そんな人とどうやって知り合ったの？」

隣のテーブルの出席者たちまでが、綾乃たちの会話に聞き耳を立てているのがわかる。

「もともとは職場の同僚の彼氏だったらしいよ」

「え？　じゃあ、略奪なの？」

「噂によると、ああ見えて、旦那さんは結構な遊び人で、隠し子がいるとかいないとか。噂だけどね」

「うそー！」

盛り上がる同級生たちを陽菜は軽く、「いや、噂なら言わないでおこうよ、こんなおめでたい席で」と笑いながらたしなめた。

途端にテーブルの空気が変わった。

皆、無言になり、たまにカトラリーがカチャ、と音を立てるだけ。会場の室温が急に下がったような気がした。

周囲から忌々しい、と言わんばかりの視線を感じる。どうやら、他の招待客たちも、綾乃の話の続きを聞きたかったようだ。

やがて、お色直しを終えた新郎新婦が、今度は純白のドレスとタキシード姿で再入場する。

裾の長い純白のドレスと、凝ったレース編みがついたベール。どこかの国の王女様のウエディングドレスのようだ。

さっきまで略奪だの隠し子だの、と言っていた口が「由里、素敵よ！」と誉めそやす。陽菜はすっかり白けてしまった。

新郎とは幼馴染みだという有名な男性ピアニストの演奏が始まると、また綾乃が口を開いた。彼女の唇が動くたび、今度は何を言い出すのだろうか、と陽菜はヒヤヒヤする。

「そう言えば、美南は卒業した後、どうしてたの？」

話題が新郎新婦から離れたことにホッとした。

——そう言えば……。

すぐに就職先を報告しあった他の同級生と違い、当時、美南からは何の報せもなかった。陽菜も気を遣い、卒業後のことは尋ねていない。

「新卒の年は行きたかった会社を全落ちして、一年ほど就職浪人しちゃったんだけどね。去年、ファッション系のウェブマガジンを立ち上げたの」

「そうなん？　じゃあ、美南は社長なん？　すごいやん！」

陽菜は声を上げた後、慌てて両手で口を押さえた。やっぱり興奮すると関西弁が出てしまう。四年という月日は短いようで長かったようだ。

「社長って言っても社員は三人なんだけどね、人手が足りないから、パリコレの取材も私が行ってきたの」

「凄(すご)いじゃん！」

たとえ小さな会社でも、起業という選択をした美南の勇気に、心からの拍手を送りたい。

「ねぇ、聞いて、聞いて。私、会社が出展する展示会の準備で、来月から二カ月、上海(シャンハイ)なの」

美南の話を皮切りに、皆が我も我もと近況報告を始めた。

綾乃は老舗和菓子店の御曹司と婚約中。専門商社に就職した子は世界中を飛び回っている。父親が病院を経営している同級生は、次期院長候補の優秀な医師と結婚。

皆、「私なんて……」「全然よー」などと謙遜の言葉を散りばめてはいるが、明らかに自分が一番幸せだと言わんばかりのマウント合戦だ。無邪気だった学生時代とは違う空気が流れている。彼女たちは自分の立場を少しでも優位に見せようと躍起になっているように見えた。

間もなく老舗の和菓子店に嫁ぐという綾乃が、

「やだ、私の婚約者の実家なんて由緒があるだけで、由里の旦那様に比べたら、うんと格下よぉ」

と、冗談とも本気ともつかないトーンで言う。

「そんなことないよ。彼氏、綾乃にゾッコンなんでしょ？」

「彼の実家は皇室御用達(ごようたし)の老舗だって言ってたじゃない」

「真面目な人が一番よー。略奪した人はまた略奪されるって言うじゃない？　それに、ほんとに隠し子がいたら、相続の時に困るし」

すかさず、皆がフォローする。

――もしかして、さっきの噂話は〝自分の結婚相手の方が誠実だ〟って言いたいがための布石だったの？

ゾッとするばかりで言葉も出ない陽菜に、綾乃が唇の両端をニッと引き上げるようにして尋ねた。

「そう言えば、陽菜は今、どんな仕事してるの？」

「え？　あ、ずっと同じ職場。大阪のＦＭラジオ局のＡＤ（アシスタント・ディレクター）よ」

「あれ？　テレビ局じゃなかったっけ？」

「就職した時に連絡したと思うけど、ラジオだよ？　私、ずっとラジオの仕事がしたくて。でも、東京の局は競争率が高くて無理だったの」

「そっか、そうだったね！　テレビじゃなくてラジオ！　けど、ラジオ業界も大変なんでしょう？　そもそも、ラジオなんて、今時、聴いてる人いるの？」

綾乃はなぜか声を弾ませる。それは明らかに見下すような言い方だった。

学生時代、ごたごたしていた家庭で、ラジオ放送だけを心の拠り所にして育ったと言っても過言ではない陽菜にとっては、許しがたい発言だ。だが、中高生の頃とは違い、ここで本気で言い返してもロクな事にならない、とわかっている。

「う、うん。まあ、最近は『radiko』っていうアプリもあってね、日本中の番組がいつでもどこでもスマホやPCでも聴けるの。再ブームっていうか、最近の若い人も結構聴いてくれてて。それに、今も昔も有名人のラジオ番組は人気あるよ」

陽菜は控え目に弁明するに留めた。

「ふうん」

綾乃は気のない返事をした後で、急に懐疑的な目になり、

「じゃあ、もしかして、仕事関係で知り合った有名人と付き合ってるとか？」

と前のめりに聞いてくる。

だが、陽菜は去年、大学の放送研究会の先輩だった彼氏と別れてから、誰とも交際していない。

先に社会人になっていた彼から『本店への栄転が決まってん。陽菜には結婚して東京について来て欲しいねん』とプロポーズされた。けれど、陽菜は仕事を辞める決心がつかなかった。

そして、返事を先延ばしにしているうちに、彼の方から『俺って、その程度の存在やったんや……』と傷ついた口調で言われた。

仕事を辞めることもさることながら、家庭を持つことにも戸惑いのあった陽菜は、悲しげな彼に取り繕うこともできなかったのだ。

自分を大切に想ってくれた人を傷つけてしまった記憶は、ずっと心の隅にあって、一緒に行った映画館やレストランの前を通ったりすると、その日の記憶が急に比重を増し、心にのしかかってくる。

陽菜は必死で重苦しい記憶を振り払い、何とか両方の口角を持ち上げた。

「いや。今は彼氏とかいなくて。ありきたりだけど、仕事が恋人、なんつってー」

照れ隠しにおどけて見せたものの、綾乃はすっかり陽菜への興味を失った様子だ。

けれど、陽菜にとってラジオ局はずっと憧れていた職場だ。新卒当時はＡＤの下で雑用をこなし、五年目となる今では、局の代表的な人気番組を始め、五つもの番組のＡＤを任されている。いつか自分が番組全体を仕切るディレクターになる、という野望もある。

とは言え、傍目には、在阪ＦＭラジオ局のＡＤというのは地味な仕事なのかも知れない。しかも、プライベートが全く充実していない。休みの日はライブハウスに通っているが、これも仕事の一環だったりする。あとはひとりでＵＳＪを徘徊するくらいだ。

そんな同級生の現状を知った綾乃は、露骨に安心し、勝ち誇ったような顔をした。遠回しに〝負け組〟と認定されたような気分だ。

そうじゃないのに……。今の仕事は遣り甲斐があって、満足してるのに……。

旧友たちはハイスペックな交際相手や、華やかな職業にしか興味がない様子だ。

陽菜は自分の充実感を理解してもらえないのが、少し寂しかった。


披露宴が終わった後、予め、案内されていた二次会会場への移動が始まった。場所は同じホテルの最上階にあるバーだ。

「え？　陽菜、二次会、行かないの？」

クロークで荷物を受け取った陽菜に、美南が聞いた。

「あ、うん……。明日も仕事だから、早めに大阪に戻らないといけなくて」

綾乃に、「そうなんだ、残念」と言われても、それほど残念だと思っていない自分がいた。

「じゃあね。みんな。またね！」

荷物が多かったので、ホテルからタクシーで東京駅へ戻り、新幹線でとんぼ返りした。

新大阪駅から地下鉄に乗り換え、四つ目の駅で降りる。そこから、ひとり暮らししているアパートまで、普段なら徒歩十分。が、今日は引き出物の詰まった袋が重いせいか、はきなれないパンプスのせいか、やけに遠く感じる。

ようやく辿(たど)り着いたアパートの鍵を開けるのも、靴を脱ぐのも、もどかしい。

部屋に入ってすぐ、荷物を床に投げ出した。

「あー……。疲れた」

疲労の息を吐(つ)いて、ソファに身を投げる。

床で倒れている一流ホテルの紙袋が嫌でも視界に入った。それは、勝ち組の証(あかし)のように見える。

——いや、ただの引き出物だし……。披露宴の二時間ですっかり毒されたな、私。

気を取り直してシャワーを浴び、夕食には袋麺の焼きそばを作ってビールで流し込んだ。

今日一日、知らず知らずのうちに食いしばっていた歯を丁寧に磨いてから、ベッドに入った。

「おやすみ」

自分で自分に言ってみたものの、こんな風に精神的に疲れた日は決まって、すぐには眠れず、目を閉じると中学生の頃の記憶が蘇る。

寒々しいほど広いダイニングルームの大きなテーブルで、母親と向かい合って夕食をとっていたあの頃……。

「今日から運動会の練習が始まってさぁ」

頑張って声のトーンを上げ、中学校での出来事を報告するのが日課だった。

帰国子女だった陽菜は、どうしても日本の中学校に馴染めなかった。疎外感しかないクラスでの出来事など、思い出すだけでも苦痛だった。それでも、気持ちが不安定になっている母親を安心させなくては、と思っていた。〝私は大丈夫だよ〟と伝えるのが、自分に課せられた義務だと。

「運動会？　そうなんだ……。暑いのに、大変ね」

口ではそう言いながら、母は気もそぞろに壁の時計を見ている。

陽菜は知っていた。この時間になると、母の意識がずっと玄関の方に注がれていることを。

――私、こんなに頑張って笑ってるのに……。

心の中で溜息を吐きながらも、笑顔を作って実際には存在しない親友の話をした。

「ごちそうさま」

食器を流し台に置いてから壁の時計を見上げると、あと数分で午後八時だ。

もうすぐ父が帰ってくる。ここに居たら、夫婦の諍(いさか)いを聞く羽目になる。

――よし。今夜もタイムスリップだ。

陽菜はそっとリビングを出て、自室に入り、耳を覆う大きなヘッドホンを装着する。

自分を外界から切り離してくれる魔法のツールだ。

ラジオのスイッチを入れると、明朗な声が鼓膜に届く。

『一週間の御無沙汰でした〜。パーソナリティの「結城(ゆうき)まりん」です。皆さん、一週間、いかがお過ごしでしたか？　結城まりんの〝明日はきっと今日よりイイ日〟、始まりますよー！』

ちょうど、陽菜のお気に入りの番組が始まったところだった。

『さ、今週も元気に、古き良き時代の洋楽をお届けします。一緒にバブリーワールドへトリップしましょう』

この弾むようなトークを聴いているだけでワクワクしてくる。とにかく、彼女の声が好きだった。

『明日はきっと今日よりイイ日』は、パーソナリティの結城まりんが、一九八〇年代、いわゆるバブル期の狂乱エピソードや当時流行した洋楽を紹介する番組だ。もちろん、陽菜がまだ生まれていない時代の話だ。それでも、想像をたくましくして番組を聴いていると、日本がまだ上昇エネルギーで満ち溢れていた時代へとタイムスリップしたようで気分が上がる。

『ではでは、まずは今夜の一曲目。もう、この番組の鉄板曲ですね。当時、私もミニのボディコンワンピ着て、この曲で踊り狂ったものです』

そして、結城まりんの、ゆっくりと過去に誘うような曲名紹介。

『それでは、お聴きください。ボーイズ・タウン・ギャングで、〝君の瞳に恋してる〟』

鼓膜を通して脳内に広がる別世界。足を踏み入れたこともないディスコという場所で、羽のついた大きな扇子を振って踊り狂う人たちの姿が髣髴としたものだ。

――私もお立ち台でジュリ扇、振ってみたかったなー。

この時だけは両親の不仲を忘れ、やっと気持ちが晴れてくる。

この番組の面白いところはパーソナリティの経験談や音楽を紹介するだけでなく、リスナーが当時の自分についてお便りを送ってくることだった。

当時、荒れた高校の優等生だったがために孤独で辛い思いをしたエピソード、金持ちの子女をカツアゲしたことを懺悔する手紙、恋や受験の悩み、今となってはどうすることもできない話、あんなに悩んだのに今ではいい思い出……など。

自分の悩みも、いつかは、あんなこともあったな、と思える日がくるんだろうな、と安心し、心地よい眠りにつくことができた。

この番組のおかげだ……。

大人になって、すっかり鳴りを潜めていた思春期の孤独が、今夜なぜか蘇った。

――大企業に勤めているからといって私生活まで充実しているとは限らないし、エリートと結婚して子供を持ったからといって必ずしも幸せとは限らない。

多少は負け犬のやっかみが混ざっているかも知れないが、当時の両親を思い出して、そう思う。

いや。やめよう。これ以上、あの頃の夜を思い出すのは……。

陽菜は寂しい記憶に蓋をして布団をかぶり、自分に言い聞かせた。

明日はきっと今日よりイイ日になる。

結城まりんの包容力のある声が蘇り、ゆっくりと眠りの深淵へと落ちた。

陽菜の小躍り

翌朝、陽菜はいつものように、大阪市内にある『ＦＭマインド』本社に出社した。

ＦＭマインドは大阪ではそれなりに有名なＦＭ局だ。損保ビルの三階と四階の２フロアを間借りしている。

就活の時に訪問した東京の有名ＦＭ局は立派な自社ビルで、機材や人材も潤沢そうだった。それに比べると、ＦＭマインドは規模が小さく、常に人手不足だ。

だが、規模が大きくない分、企画から決裁までの時間が短く、番組づくりの自由度も高い。ＡＤの裁量に任される範囲も広く、それが陽菜のモチベーション維持につながっている。


陽菜がビルの玄関フロアに足を踏み入れた瞬間、待ち伏せでもしていたかのように、濃紺のスーツに身を包んだ八頭身美女が姿を現す。そして、彼女は艶やかなロングヘアをなびかせながら陽菜に駆け寄ってきた。

「陽菜！　ちょっと！　ビッグニュースやで！」

下町のオバチャンが、天神橋筋商店街で知り合いを見つけた時のような所作で陽菜の腕を抱き、ロビーの隅に連れ込んだ。その麗人こそ、FMマインド社長秘書の深江沙織（ふかえさおり）だ。

「今、部長が関係者集めて、上で編成会議やってるねん」

「ああ、そう言えば、もう三月かぁ」

四月の番組改編を前に、上層部による編成会議が開かれるのは大抵この時期だ。

「それがやねぇ」

奥さん聞いてぇな、とでも言い出しそうな仕草で、ひらり手を振る沙織。

彼女は機転が利いて、仕事も出来て、ルックスもモデル並み。だが、唯一にして致命的欠点がある。口が軽いことだ。特に同期入社の陽菜に対しては、壊れた蛇口みたいに機密情報を漏らしまくる。

「新社長が言うには、今回はこれまでにない大改編になるねんて」

「これまでにない大改編？」

意味がわからず、鸚鵡（おうむ）返しする。

「聴取率の悪い番組とか、今は調子がよくても将来性のなさそうな番組とか、半期ごとにバッサリ打ち切るみたいやで」

最近は聴取率よりも、radikoでの再生数やＳＮＳの反響の方が重視される傾向にあるのだが。

「そんなの、非情じゃん！」

外資系のコンサル会社から引き抜かれてきたばかりの社長は、就任式で「ＦＭマインドにはドラスティックな改革が必要だ」と発言し、社内は「人員整理か？」と戦々恐々だった。ラジオ業界に身を置くのは初めてらしいのだが、もう自分のことを〝ＦＭ界のイーロン・マスク〟と言っているらしい。陰では〝ＦＭ界のカルロス・ゴーン〟と呼ばれているのだが……。

「有言実行の人なのね」

ぼんやり呟いた陽菜はまだ、この大改編が自分にもたらす影響を知らなかった。

「あ。アカン。会議が終わる時間やわ。もう、社長室に戻らな。ほな、続きはまた昼休みに！」

そう言い残し、駆け込んだエレベーターの鏡を見ながら手櫛で前髪を整えている沙織。その背中を見送った陽菜は、腕組みをしてゆっくり玄関ロビーを横切った。

「大改編かぁ」

次に降りて来るエレベーターを待っている時、ふと、自分がＡＤを務めている番組のことが心配になる。

「いや、あの番組は反響がいいから大丈夫。けど、かなりの長寿番組だしなぁ。新社長から見たらマンネリ番組に見える可能性はあるかなぁ」

いや、そもそも将来性って、どういう基準で誰が決めるわけ？

一抹の不安が怒りに変わるのを覚えながら、四階でエレベーターを降りた。

間もなく放送が始まる第一スタジオへ入ろうとした時、編成会議を終えたらしい部長に呼び止められた。

「ああ、久能木くん、ちょっと」

「え？　まさか……」

陽菜のつま先がビクリと反応した。

沙織から大幅改編の情報をインプットされたばかりの陽菜は、このタイミングで部長に声を掛けられたことで疑心暗鬼になる。

「部長。なんで私を呼び止めるんですか？」

「え？　な、なんで……って……」

「まさか、はぴはぴ・マンデー、打ち切りなんですかッ!?　嘘でしょ？　うちの局の放送歴トップスリーに入る番組やのにッ!?」

入社以来、スタッフのひとりとして愛情を注いできた番組の危機を感じ、思わず上司に詰め寄っていた。部長はひるむように後ずさりながら、「早まるな。いや、そやのうて……」と口ごもる。

「はっきり言うてください！」

「い、いや、君に四月からの新番組を任せようかな……、と思てんけど……」

陽菜の剣幕に怯えるように、編成部長は頰と語尾を震わせている。

「は？　新番組？」

一瞬で頭の中が空白になる。

「会議の中で、そろそろ久能木にディレクターを任せてみたらどうか、ていう意見が出てん」

部長は、はぴはぴ・マンデー以外にもいくつもＡＤを兼任していて大変な時期であることは理解している、というような話をしている。

「いや、ええねんで。ええねんけど、どないかな？　無理にとは言うてないねんで」

と言っているが、その声は右から左へ流れていくだけで、もうそれどころではない。

「本当に？　私、ディレクターに抜擢されたんですかッ!?　マジで!?」

「お、おう。マジで。君も、もう五年目やしな」

部長はまだ少し不安そうな様子で、陽菜の顔色をうかがうように、ちらちら見ている。

「もちろん、謹んでお受けいたします！」

ペコリと頭を下げた陽菜の心の中で、リトル陽菜が小躍りしていた。

「ただし、ディレクターを続けられるかどうかは、新番組の人気次第や」

編成部長はようやく威厳を取り戻したように咳払いをし、ネクタイを締め直すような仕草をした。

「なにせ今の社長、イーロンやからな。この調子やったら秋の改編時もドラスティックな見直しあるで」

どうやら、春の改編で打ち切られる番組がかなりあるらしく、編成部長は苦り切った顔だ。

「君に任せる番組は金曜日の二十三時半から二十四時までや」

陽菜に与えられたのは三十分間の番組だ。

「帯やないし、短い枠やけど自由にやってええから」

帯というのは月曜日から木曜日までの決まった時間に放送する番組のことで、今回陽菜に任されたような決まった曜日のみの放送は〝単発〟と呼ばれ、週末に放送されることが多い。

「自由にやってええけど、radikoとSNSでバズるように頼むで」

「はい！　どうか、お任せください！」

何の勝算もプランもないまま、勢いだけでドンと胸を叩く。

「まぁ、頑張って」

陽菜の肩を叩いて去って行く編成部長は、この番組にあまり期待していないように見えた。

「あ。いかん。時間だ」

ハッと我に返って腕時計を確認した陽菜は、速足のスキップをしながら第一スタジオのサブルーム（副調整室）に駆け込んだ。

責任者であるプロデューサーと番組を仕切るディレクター、音声を収録する技術スタッフ、WEB担当者が、もうそれぞれの配置についている。

「遅いぞ、久能木」

一番後ろに陣取って腕組みしている初老のディレクターが睨(にら)んでくる。

陽菜は「すみません」と、小さく頭を下げ、急いでミキサーの横にスタンバイし、ヘッドホンを装着した。

ベテランディレクターに叱られても、今日だけは凹(へこ)む気がしない。

――へっへっへ。もうすぐ私もあなたと同じ肩書を持つ身分になるんですわ。まだ、暫定だけども。

ニヤつく口元を隠せないまま、ガラスで隔てられたブースを見守る。

今まさに生放送が始まろうとしている緊張感の漲(みなぎ)る現場だ。

間もなく始まる『はぴはぴ・マンデー』は入社してすぐの陽菜が、WEBスタッフとして初めて携わった番組だった。

入社二年目からはADとして他の帯番組なども担当しているが、この番組には特に思い入れがある。

番組が始まる前、今や、すっかり陽菜の耳に馴染んだＦＭマインドのテーマ曲の中に『ＪＯＫＷ－ＦＭ。ＦＭマインドです』というナレーションが散りばめられた、いわゆるステーション・ジングルが流れる。

ディレクターがブースのパーソナリティに向かって掌を見せ、どうぞ、という風に『キュー』を出した。

番組のスタートを確認したブースのパーソナリティが、マイクのカフ（スイッチ）をオンにする。

『おはようございます。午前、十時になりました。結城まりんのはぴはぴ・マンデー、今日も元気にスタートです』

バイリンガルでもある人気ＤＪ、結城まりんの軽妙な語り口と懐かしい選曲とで人気のある番組だ。

彼女の声は若々しく、年齢は非公表であるが、実は相当なベテランだ。

奇しくも、陽菜の思春期を支えた『明日はきっと今日よりイイ日』のパーソナリティでもあった結城まりんは、約十年前、その活動の場を関東から関西に移していた。

陽菜はＦＭマインドのリクルート面接で、ラジオと結城まりんへの愛を熱く語った。

それが功を奏したのかどうかは、わからない。が、研修後、すぐに彼女の番組スタッフに配属された。

まりんに初めて挨拶した時、「頑張ってね」と温かみのある声で言われた。生でその声を聞いた時、一瞬、辛い思春期のほろ苦さが蘇った。と同時に、彼女の声が寒々しい部屋から別世界へ連れ出してくれたことも。

――私もいつか、誰かを支え、癒せるような番組を作りたい。

この職場に運命を感じ、感極まって、涙が止まらなくなった。

まりんは驚いた顔をしながらも、黙って陽菜を抱きしめてくれた。彼女のブラウスからほのかに香る上品な香りが、陽菜の心を癒した。

陽菜は結城まりんとの初対面の時を思い出しながら、ガラス越しに、あの頃と変わらない横顔を眺める。

結城まりんからは生活感というものが感じられない。小柄で見た目も若々しく、年齢を判別しにくいのだ。

だが、本人は『もう半世紀ほどラジオパーソナリティをやっている』と冗談めかす。中学生の陽菜が『明日はきっと今日よりイイ日』を聴いていた頃、『バブルの時にはもうラジオの仕事をやっていた』という発言があった。だから、あながち嘘でもないのかも知れない。だが、その声は未(いま)だに若々しく、張りがある。

『それでは、お聴きください。今日は一九八一年のヒット曲からです。寺尾聰さんで、ルビーの指環』

在京局の番組での選曲は八〇年代の洋楽だった。が、ここＦＭマインドの番組『はぴはぴ・マンデー』では懐かしい邦楽がメインだ。陽菜が入社する前にベテランスタッフが放送する時間帯とリスナー層をしっかりリサーチして作り上げた長寿番組だ。

陽菜は自分が生まれる前に流行った歌謡曲のキャッチーなギターリフを聴きながら、指先で椅子の肘掛を軽く叩く。

頭の中で、つい先ほど編成部長に言われた「会議の中で、そろそろ久能木にディレクターを任せてみたらどうか、ていう意見が出てん」という言葉が、実感を伴って再生される。責任の重さに緊張しながらも、期待に胸が膨らむ。

番組作りは入社した時からの夢だ。昨日のマウント合戦での敗北など、全て吹き飛ぶぐらい気分は最高潮だ。

――いよいよ、自分の番組を作ることができるんだ。

思わず、武者震いしていた。

二階堂有起哉（にかいどうゆきや）の絶望

「二階堂様」

　ファーストクラスのフルフラットシートで熟睡していた二階堂有起哉を、優しい声が心地よく覚醒させる。

「あと十分ほどで着陸態勢に入ります。どうぞ、ご準備くださいませ」

「うん……？　そうか、もう成田（なりた）か……」

　欠伸（あくび）まじりに呟きながら、二階堂はアイマスクを上にずらした。

　ブレックファストは敢（あ）えて取らなかった。睡眠時間を優先したこともあるが、せっかくのファーストクラスだからといって、あれもこれもとサービスを頼むのは滅多に乗れない三流のやることだ、と二階堂は見下している。

　――だが、トーストぐらいは頼めば良かったかな。ちょっと小腹が空（す）いてきた。

　とはいえ、着陸態勢に入ると告知された今となっては頼みにくい。

　そうこうしているうちに、旅客機は成田空港に到着してしまった。

　――仕方がない。コンビニでサンドイッチでも買うか。これが一流の男の流儀。俺のダンディズムだ。

Tシャツの上にホノルルで買ったヴィンテージもののアロハシャツを羽織り、わずかな手荷物を持って立ち上がる。

旅客機の出口で上品に微笑むCAに、機内で読んだ数冊の本を紙袋に入れて手渡した。

「良かったら、読んでみて。なかなか面白かったよ」

機内で自己啓発本を読むのも三流のやることだ。

休暇中は心身を休めることに徹し、仕事とは全く関係のない歴史小説やミステリーやSFを読んで、完全に現実世界から離れる。それが一流だ、と二階堂は思っている。

CAが「ありがとうございます」と、ニッコリ微笑んで頭を下げた。

「二階堂様。行ってらっしゃいませ。次のドラマも楽しみにしております」

「おう。期待しといて」

指で作ったピースサインを頭の横で振り、ボーディングブリッジに足を踏み出す。


空港ターミナルから一歩外に出ると、早朝の風が少し肌寒く感じられた。

「港区の東都テレビまで」

タクシーの後部座席に乗り込むと、徐々に日常の感覚が戻ってくる。己の輝かしい実績とともに。

前クールで二階堂がプロデューサーを務めたテレビドラマは、またしてもモンスター級の視聴率を叩き出した。自身にとっては、三期連続の高視聴率だった。

放送終了後、『社長賞』として、局から一週間の休暇と航空券をもらった。

「南の島にでも行って、リフレッシュして来い。帰ってきたら、またグレートな新作を頼むぞ」

目録を手渡す社長は満面の笑みだった。あの顔はいつ思い出しても口元が緩む。

――二階堂君、君は天才ですか？

心の中で自分自身に問いかけ、上機嫌で『アロハオエ』を口ずさむ。

「運転手さん。釣りは取っといて。あ、でも領収書はちょうだい」

中途半端な太っ腹ぶりを見せながらも、ご機嫌で東都テレビの社屋に入った。

「これ、みんなで食って」

受付の派遣社員に始まり、編成制作局の部下や同僚、隣のフロアの間接部門の社員にまでハワイ土産のマカダミアナッツチョコを配りまくり、ようやく自席に戻った。その二階堂に、部下が、

「社長から何度も電話がありましたよ」

と告げる。

「え？　そうなの？」

スマホを機内モードにしたままだったことを思い出し、設定を変えてみると、確かに

社長からの不在着信が十件以上。

「よっぽど話したいことがあるみたいだ。また褒められちゃうのかな？　もういいのに」

冗談めかしながら、意気揚々と社長室に向かう。

バタン。

気のせいか、二階堂が編成制作局を出てドアを閉めた途端、背後がざわつくような気配があった。

しかし、そんなことは気にも留めなかった。社長の話は、次のドラマの構想についてに決まっている。そして、来期のドラマは前作を凌ぐものになるという確信があった。


二階堂は社長室のドアを軽やかにノックした。

「失礼します」

ハワイに出発する前、既にまとめておいた新企画の入ったタブレットを片手に、社長室のドアを開けると、そこには予想外の光景が広がっていた。

泣き腫らしたように目元の赤い女が、ハッとこちらを振り返る。そして、彼女はバツが悪そうに俯いた。

――えっと……。

すぐには状況を把握できなかった。

社長の前で泣いているのは大手プロダクションの女性マネージャー。前作の打ち上げの夜から、二階堂と懇ろになった女だ。

あれは四年ぶりの宴会で、皆、開放的になっていた。特に二階堂はタガが外れたように酒を飲みまくり、コロナ禍明けの酒宴を満喫したことを思い出す。

社長が苦々しい顔で口を開く。

「昨夜、彼女のご主人がここに来られてな……」

「え？　ご主人？　あ、いや、君、離婚したって言わなかった？」

二階堂は冷や水を浴びせられた気分で、これまで三回ほど関係を持った女に確認する。

「言ってません、そんなこと！」

「いやいや、君、夫とは別れたので大丈夫です、って言ったよ？　あの晩」

「言ってません！　二階堂さんが無理やり私をホテルの部屋に連れ込んだんじゃないですか！」

「は？」

つまり、不倫が夫にバレた彼女は全てを二階堂のせいにし、それを鵜呑みにした夫が社長室に乗り込んできた、ということらしい。よりによって、二階堂の休暇中に。

きっと、部下の教育がなってない、とか、会社のコンプライアンスはどうなっているんだ、とか責められ、社長はとばっちりを食ったのだろう。

「社長！」

突然、女が叫ぶように声を上げた。

「聞いてください！　二階堂さんがキャスティングに意見できる立場を利用して、私に関係を強要してきたんです！　セクハラです！　いえ、もはや性犯罪です！」

女の根も葉もない訴えに、二階堂は目を瞬かせる。

「はい？」

――誘ってきたのはそっちなのに？　そっちが俺をベッドに押し倒したよな？

喉元まで出かかった。しかし、どっちが誘ったかについては口にしないのがダンディズムだ。二階堂は自分に言い聞かせ、言葉を呑み込んだ。

社長は冷ややかな目で、二階堂と女を交互に見てから言い渡した。

「追って沙汰する。それまで、自宅で謹慎するように」

社長が結論を先送りにし、社長室からふたりを追い出した。いつもは、二階堂を丁重に扱う社長が「誤解です！」と訴えても、けんもほろろ。

しかも、二階堂はこのタイミングで思い出した。彼女の夫が弁護士だったことを。

――やべえ。慰謝料、どれぐらい請求されるんだろ……。

社長室を出た途端、彼女が無言で二階堂を拝むような仕草をした。

その顔は化粧が涙で崩れ、もともと肉付きのいい頰と瞼(まぶた)はピンク色に腫れ、オカメのようになっている。とても可愛(かわい)いとは言い難い。だが、夫に責められて号泣したのだと思うとついつい同情し、罵倒の言葉が出なくなる。

最初は出来心。あとの二回は惰性だったような気もする。とは言え、俺は一度でも関係をもった女の不幸は望まない。


二階堂が肩を落として帰宅すると、妻が荷造りをしていた。

――こっちも、やべえ。

同じ東都テレビでアナウンサーとして働いていた妻には、古巣である局に友人も多い。既に不倫の話が伝わっているのだ、と二階堂は確信した。

「待て！　誤解なんだ！　確かに同じベッドで寝た！　だが、指一本触ってない！」

咄嗟(とっさ)の嘘を無視した妻は、右手でスーツケース、左手で娘の手をひいて玄関へと向かう。

「残りの荷物はまた、あなたがいない時に取りに来るから。次は裁判所で会いましょう」

「ま、待ってくれ！」

妻は般若(はんにゃ)のような顔で「フン！」とソッポを向き、「娘の養育費はちゃんと振り込んでよね」と言い放ち、出て行った。

そして、誰もいなくなったリビング。

センターテーブルの上に、結婚指輪が残されている。

妻の誕生石である上質なピジョンブラッドと呼ばれる深紅のルビーを五石選び、エメラルドカットに加工して一文字に並べたオーダー品だ。

「マジかよ……」

その時ふと、どこかで音楽が流れていることに気づいた。

重い足で、音がしているキッチンへ入ると、流し台のまな板の上に半分まで切られたキャベツが取り残されている。そして、音楽は対面のキッチンカウンターに置かれたパソコンから流れていた。

「うん？　ラジオか？　アイツ、ラジオなんか聴きながら料理してたのか……」

独りごちて、ＰＣ画面を覗き込む。

「今やＰＣでラジオを聴ける時代だもんな……」

混乱すると、どうでもいいことに気持ちが向かうものだ。知らず知らず、スピーカーから聴こえる音楽に聴き入っていた。

誰かがリクエストしたのか、パソコンから流れている曲は、『ルビーの指環』だった。

——偶然にもほどがある。

どこかアンニュイな旋律が、銀座の宝飾店でオーダーした結婚指輪を妻に渡した日のことを思い出させる。

「私、こんなマリッジリングが欲しかったの！」

それまで見た中で、最高の笑顔だった。

当時、妻は東都テレビの看板アナウンサー。その知的で美しい笑顔を独占できるのなら、オーダーメイドの指輪代、百八十万円など安いものだと思った。

——なのに、俺はなんであんな嘘つきオカメと……。

いや、女性の容姿をとやかく言うのは俺のダンディズムに反する。

しかし、この俺が弄ばれて裏切られるとは……。

ラジオパーソナリティは、どん底にいる二階堂の気持ちになどおかまいなく、明るい声で続ける。

『はい。寺尾聰さんで、ルビーの指環をお届けしました』

女性パーソナリティの美声に惹きつけられる。

『それではここで交通情報です。近畿自動車道の下り、摂津北インターから近畿吹田インター間が三キロ、東大阪線の上りは東大阪ジャンクションから東船場ジャンクションの間も三キロ、どちらも自然渋滞です』

そこで二階堂は我に返った。

「は？　近畿自動車道？　東大阪線？　って、なんで東京で大阪のラジオ、聴いてんだよ」

妻の嗜好がわからない。

――というか、結婚してからの俺は、一度でも妻の趣味や好みを知ろうとしたことがあっただろうか……。

遅ればせながら反省し始める二階堂を置き去りに、結城まりんの爽やかな声が続いている。

『それでは、本日の二曲目です。こちらも一九八一年に大ヒットしましたね。山本　譲二さんで、みちのくひとり旅。どうぞ、しんみり、お聴きください』

哀愁を帯びた演歌のイントロが流れ始めた。

――いやいや、この状態でしんみりしたくない。

吹雪の中、ひとり彷徨う己の姿を想像した二階堂は、ゾッとしながらパソコンの電源を落とした。

小手川康夫の苦悩

大型トラックの運転席から、大阪市内のビル群が見えてきた。

——ああ。帰ってきたんやなぁ……。

小手川康夫は大阪南港にある倉庫で荷物を積んで岩手までトラックを走らせ、福島で帰り荷を積み、丸二日かけてようやく大阪まで戻ってきた。

小手川はその土地その土地のラジオ周波数を拾いながら走行している。滋賀県に入ると、お気に入りの在阪ラジオ局ＦＭマインドの放送が入るようになる。

月曜日の昼下がり。カーラジオから耳に心地好い結城まりんの声が流れてくる。

『さて、次の曲には大阪市在住のラジオネーム〝プロの運びやっちゃん〟さん、他一名のリスナーさんからリクエストをいただいております。それでは、本日の二曲目です。こちらも一九八一年に大ヒットしましたね。山本譲二さんで、みちのくひとり旅。どうぞ、しんみり、お聴きください』

運転席で小さくガッツポーズを決める小手川。

「よっしゃ、きた」

ラジオから自分がリクエストした演歌が流れてきた。

「♪たとえ〜、どんなにつめたく別れても〜♪　やっぱ、ええなぁ、ジョージ山本は」

小手川は鼻歌混じりにハンドルを切る。

彼が長距離運転手になった頃は〝ツーマン〟と言って、ふたりのドライバーが交代で運転するのが主流だった。が、今は〝ワンマン〟、ひとりのドライバーが休憩をとりながら、長距離を運転するのが主流だ。

ひとりで片道千キロ近くの道のりを走るのは寂しくないか、と聞く者もいる。だが、人付き合いが得意でない小手川にとっては、自分のペースで黙々と走る方が気楽だった。それに、ラジオという相棒さえいれば、寂しさを感じることもない。

これまで仕事で日本中を巡ってきた。生まれも育ちも大阪の小手川だが、なぜか東北の鈍色（にびいろ）の空や海に郷愁を誘われた。そして、三陸海岸沿岸に佇（たたず）む、とあるドライブインが小手川の心を鷲掴（わしづか）みにした。

その場末のドライブインの名前は〝みちのく食堂〟。営んでいるのは寡黙な老夫婦だ。無口な者たち同士、会話が弾むわけでもない。が、言葉少なに互いを気遣う、その空気が好きだった。

小手川が途中の道の駅で購入した土産を手渡すと、決まって女将（おかみ）さんがプラスチックの容器に入れた惣菜（そうざい）を持たせてくれた。

「やっちゃん。これ、帰りにでも食ってくなんしぇ」

家族のいない小手川は密かに彼らを親のように慕っていた。

——あの年まで細々と食堂をやってんのは、他に収入源がないからなんやろう。

彼らの体調を心配しながらも、親族でもない小手川にできることはない。珍しい銘菓を手渡すことぐらいだった。


東北から大阪に戻ったこの日は、小手川の六十歳の誕生日だった。

本来であれば定年退職を迎える年だ。が、働きぶりにもおおよそ健康面にも問題がない彼は、再雇用されることが決まっている。

結局、いつもと変わらない誕生日だ。が、四十二年間、長距離ドライバーとして働き続けた自分自身を労うため、帰りにスーパーで刺身でも買って帰ろうかと考えたりした。

「また、明日からもよろしくな」

会社の駐車場に停めたトラックに声を掛けながら、いつものように洗車した。ホースで水を掛けつつ、ブラシや雑巾で車体やタイヤについた埃や泥を丹念に落としていく。と、その時、プレハブの事務所から顔を出した社長に呼ばれた。

「やっさん、ちょっと話があるんやけど」

「はい！」

事務所の狭い応接コーナーで向かい合った社長から、

「やっさんも、もう六十やし、明日からフォークリフトに専念して欲しいねん」

と頼まれた。

「…………」

突然すぎて、言葉が出なかった。

フォークリフトは会社や倉庫の敷地内でトラックに荷物を積み込むための荷役車両だ。コツさえ摑めば、操作は新人でも簡単にできる。小手川の勤める運送会社では、入社して一番最初にやる仕事といっても過言ではない。

「それと、今、事務仕事やってくれてる社員が退職するんで、伝票書いたり、トラックの運行シフト組んだり、若手の育成も頼みたいねん」

「いや、俺はまだまだ長距離も乗れますよ」

「それはわかってんねんけど、最近、ギックリ腰がクセになってきてるやろ？　やっさんは、独り者やし、もう十分稼いだやろ？　そろそろ裏方に回ってもらわれへんやろか」

「そんな……」

収入の問題ではない。十八の時からずっと長距離トラックの運転手として働いてきた。そんな自分が、毎日同じ時間に、同じ場所で、フォークリフトの操作や事務作業をするのは苦痛に違いない。いきなり羽をもがれるような思いだった。

小手川は悶々とした。怒りと失望とで頭が混乱している。

「ちょっと、考えさせたってください」

無意識のうちに、肩ががっくり前に落ちているのがわかった。

長距離ドライバーとして雇ってくれる別の会社を探すか、たとえフォークリフトの仕事だけになっても馴染んだこの会社に残るか……。

落ち着いて、家で一寝入りしてから考えよう。答えを保留にしたまま事務所を出て、トラックの助手席に置いている私物をまとめた。

レジ袋の中には、みちのく食堂の女将さんが持たせてくれた惣菜の容器が入っている。次の岩手便で返すつもりにしていたプラスチックの容れ物だ。

「みちのく食堂の大将に『また来る』って約束してんけどなあ……」

長距離から外されたことを電話で伝え、宅配便で容器を送るというのも味気なく、気が引ける。

――かと言って、わざわざ電車を乗り継いで行くっていうのもなあ……。

実はこれまで新幹線に乗ったことがない。そもそも仕事以外で関西から出たことがないのだ。

その時、不意に、カーラジオから結城まりんの励ますような明るい声が流れてきた。

『次のリクエストは、一九八一年のヒット曲、杉田かおるさんで、鳥の詩。どうぞ、お聴きください』

懐かしくも、どこか哀愁を含んだメロディーが車内を満たした。

鈴賀祐太郎（すずかゆうたろう）の憂鬱

「それでは、民法のテキスト、二十七ページを開いて。今日は第三章の法人総論、第四項の『法人制度の概要』から」

大教室に響く教授の声。

法人として認められる条件について説明する声が、徐々に遠のいていく。

鈴賀祐太郎は眠りの深淵へと落ちていきそうになりながら、ふと考える。

——教授の言うてることが一ミリもわからへん……。僕、なんで法学部なんかに入ってもうたんやろ。

いや、理由はわかっている。それは唯一受かった大学の唯一受かった学部だからだ。

思えば、成功体験のない二十年間だった。

勉強もスポーツも平均以下。ふたりの兄も、年の近い従兄（いとこ）たちも優秀で、一番最後に産まれた祐太郎は、親族から褒められた記憶がない。身近な比較対象がデキすぎるせいだ。

だが、母親だけは祐太郎を溺愛していた。未熟児ぎりぎりの低体重で生まれ、幼い頃はひどいアトピー性皮膚炎に悩まされ、体も弱かったせいだ。

「祐ちゃん。お母さんが丈夫な体に産んであげられへんで、ごめんね。あんたが集中力ないのんも、きっとアトピーのせいやと思うねん」

すっかりアトピー性皮膚炎も治り、滅多に風邪をひかなくなった今も、何かにつけ母はそう言って涙ぐむ。そんな母を心配させないために、祐太郎はリビングでは咳ひとつしないようにしていた。

そんな祐太郎の最初の挫折は、小学校六年生の時だった。

「祐ちゃんは高校受験やら大学受験やらするより、大学付属の中学校へ行った方がええと思うねん」

自身も付属中学から京都の女子大へ行った母親に言われるがまま、小学四年生から塾へ通い、中学受験をした。

けど、滑り止めの私立中学にしか受からなかった。

全ての受験結果が判明した夜、祐太郎は初めて、両親が口論するのを見た。

それまで中学受験について何も言わなかった父親が怒りを露わにし、母親を批判した。

「だいたい、まだ幼稚で負けん気のない祐太郎に、中学受験なんて無理やってんて！」

「純粋で人と争うことが嫌いな祐太郎のどこがアカンの？」

「こんなことで負けグセがついてもうたら、どないすんねん！」

「負けグセなんて、そない簡単につくわけないでしょ！　髪の寝グセやあるまいし！」

だが、受かった私立中学校は偏差値自体は低いものの、関西ではそれなりに名のある大学までエスカレーター式で上がれる中高一貫校だった。

——高校受験も大学受験もせんと、そのまま大学に入れるなんて、夢のようや……。

その中学校は勉強もゆるく、スポーツもそれほど盛んではなかった。ある意味、ヤル気も競争心もない祐太郎には向いていた。同級生もおっとりとした良家の子女タイプが多く、すぐに友達ができた。

だが、鈴賀家のＤＮＡは優秀だと信じて疑わない父親から、リベンジしろ、と言われて高校受験をした。

そして、またしても失敗……。

通っていた中学校からエスカレーター式に上がれたはずの私立高校よりも、更に偏差値の低い地元の公立高校へ通うハメになった。

祐太郎は三年ぶりに両親が口論するのを見た。

「せやから、あのまま付属の中学校から高校に上がらせとったら良かったんよ！」

「アホなこと言うな。高校受験もせえへんような人間が競争社会で生き残れるわけないやろ！」

——いや、それは他の付属校生に失礼やろ。

心の中で言い返す祐太郎だったが、高校受験に失敗したショックはそれなりにあった。

——中学校には、仲のええ友達もいっぱいおったのに……。イキッて外部受験なんかして、失敗して……。カッコ悪うて、前の学校の友達に連絡もできひんやんか。ああ……。みんなと同じ高校、行きたかったな……。

その日だけは膝を抱えて涙ぐんだ祐太郎だった。

しかし、落ち込んだのも、その日だけ。中学の友達が壮行会を開いてくれて、高校の入学オリエンテーションではすぐ友達ができた。服装や頭髪が乱れた不真面目な友達だ。中学の時のクラスメイトとは雰囲気が違ったが、それはそれで刺激的で楽しかった。

悪友たちに誘われるがままにゲームセンターやマンガ喫茶で遊んでいたせいで、当然のことながら、大学受験にも失敗した。

三年ぶりに両親の口論を見る羽目になるかと思いきや、ついにふたりとも諦めたのか、言い争いさえしなかった。

そんな紆余曲折(うよきょくせつ)を経て、祐太郎は今、通っていた中学から内部進学できたはずの大学よりも、2ランク以上も下の、世間で言うところの、いわゆるFラン大学の法学部に通っている。

――つまり、ここだ。

更に絶望的なのはこの大学の就職実績だ。

世の大学生が希望する企業ランキングに載るような会社に就職した学生など、全く見当たらない。

それでも、授業の後、食堂に行くと、インターンがどうの、エントリーシートがどうの、と学生たちが話している。

自分自身、人気企業に入りたければ就活は早く始めた方がいいと思ってはいるが、一流企業で働く自分の姿など、到底想像できない。

そもそも、成功体験が皆無なのだから、エリート社員になる自分を想像すること自体、無理というものなのだが。

——別になりたいわけやないけど、公務員試験でも受けよかな……。けど、絶対、受からんやろうなぁ……。これまで試験でうまいことといったためしがないしな。ああ、このまま一生、三回生でおりたいなぁ。

自宅に帰ったら帰ったで、宇宙一過保護な母親が優しい口調で諭し始める。

「祐ちゃん。あんた、部活もしてないんやから、バイトぐらいしてみたらどうなん？」

「せやから、お小遣いとか要らんって言うてるやん」

祐太郎の財布の中には常に五千円が入っている。学食でランチしたり、書店で雑誌やコミックスを買ったりして消費した分が、翌日にはきっちり補填されているのだ。

五千円では買えない金額のゲームソフトや服が欲しい時は、母が必要なだけの一万円札をくれる。さすがに、この甘やかされた環境が普通だとは思っていない。だが、このぬるま湯生活にすっかり体が馴染んでしまって、アルバイトを探した経験すらない。

「お金のことやないんよ。働いた経験もない子がいきなり社会人になるって、挫折しに行くようなもんやない？　お母さん、それが心配やの」

　上司からパワハラを受ける我が子でも想像しているのか、母はもう涙声になっている。祐太郎には言い返す気力もない。反論すれば、更に泣き落としで説得してきて面倒なことになるとわかっている。

「うん。考えとく」

「あ。でも、怪我（けが）するようなバイトはあかんよ。自転車で料理を運ぶヤツとか。あれは事故とかトラブルに遭いやすいていうし。あ。あと、人間関係が悪そうな職場やったら、すぐ辞めてええからね。会社にもイジメとかあるんやから。無理のない範囲でね」

「はいはい」

　おざなりに返事をして、二階に上がり、自室のソファベッドに仰向（あおむ）けになる。

　窓から見える背の高い庭木に目をやると、その視線に気づいたかのように枝から小鳥が飛び立った。

　――ああ、俺も鳥になりたいわ。

第2章　烏合の黎明

いけすかないオトコ

陽菜がディレクターに昇格して、一週間が経った月曜日のことだった。

「こちらが、新しい番組で君の上司になる二階堂さんや」

編成部長から新しい番組のプロデューサーとして、二階堂有起哉を紹介された。

「あ、初めまして。久能木です」

頭を下げる陽菜に、二階堂は余裕のある表情を浮かべ、

「二階堂です、よろしく」

と、外国人のように右手を差し出す。

年齢は四十代半ばだろうか。背は高くも低くもなく、痩せぎすで、顔は薄め。これといって特徴のない容姿をしているが、全身から自信満々といった空気を発散している。

「ど、どうも」

陽菜はおずおずと、目の前のニヤケた中年男性の手を握り返した。

「二階堂さんは東都テレビの元プロデューサーで、視聴率請負人だとかドラマの神様だなんてあだ名されるほどの、うちには勿体（もったい）ない逸材や。久能木君もしっかり勉強させてもらいや」

と部長は言っているが、外部からきた人材がいきなりプロデューサーに抜擢されることは滅多にない。業界違いの敏腕プロデューサーの対面を保つため、一度は既存の人気番組のトップに据えようと試みたものの、実力派パーソナリティたちの反発にあって、仕方なく新番組をあてがうことにした、といったところだろう。

「はぁ……」

曖昧な返事をした陽菜を後目に、「いやいや、それほどでも」と、後頭部を掻きながら謙遜してみせる二階堂。

「まあ、前回の月9が、たまたま当たりましてね。最終回の視聴率が二十五パーセントを超えたもんで、社長賞をもらっただけですよ。たまたま、ね」

問わず語りとはまさにこのことだ。それほどでも、と言いながら、わかりやすい自慢話をぶっ込んできた。

「じゃあ、久能木君。二階堂さんに、社内をひととおりご案内して」

「はい」

二階堂は陽菜の反応が薄いことに納得がいかないのか、廊下に出た途端、

「君、見てなかった？『准教授・甘粕春樹の憂鬱』」

と、具体的な番組名まで持ち出す。

「すみません。私、テレビはあまり見ないもので」

それは嘘だった。

世間で『アマハル』と呼ばれ、一世を風靡したコメディタッチのミステリードラマに、陽菜もドハマりした。だが、それを口に出したくないぐらい、二階堂のドヤ顔が不愉快だった。

——あの作品を作ったのが、こんな、いけ好かないオッサンだったなんて。

そんな陽菜の失望に気づく様子もなく、二階堂があたりを見回す。

「それにしても、ラジオ局って狭いんだな。まさか、損保ビルの中に間借りしてるとは思わなかったよ」

故意に嫌味を言っている様子はなく、本心から驚いているようだ。

——狭くて悪かったな。

心の中で毒づきながらも、笑顔で利点を説明する。

「このビルには損保のスパコンが置いてあるので地震にも強い構造ですし、テナントで入ってる会社の社員は、最上階の社員食堂が使えます」

「今どき、耐震構造じゃないビルなんてないだろ。それに、他社の食堂を使わせてもらうなんて、何だか肩身が狭いな」

いちいち癪に障る言い方だ。

「ていうか、テレビ局が無駄にデカいんじゃないですか？」

陽菜の脳裏に二階堂の古巣、東都テレビの立派な自社ビルの建物がよぎる。その社屋が一帯のランドマークになっているほどだ。

「じゃ、ざっと説明しますね」

ラジオ放送局に関する知識が乏しそうな二階堂に、パーソナリティやゲストが入るラジオブースと、そこに隣接するサブルームを合わせてスタジオと呼ぶことなどを歩きながら説明した。

その後、空いている会議室を探し、ＦＭマインドの新番組について打ち合わせをすることにした。

「で、俺は何をすればいいんだ？」

並んで歩きながら真顔で聞かれ、戸惑った。

「は？　プロデューサーですよ？」

「んなことはわかってる。具体的には？」

ああ、番組の詳細については、まだ部長から聞かされていなかったのか、と納得し、陽菜は新番組の概要について説明した。

「今回、二階堂さんにプロデューサーを担当して頂くのは、金曜日の二十三時半からの三十分枠です。どういう番組にしていくか、それを二階堂さんと話し合って決めていきたいと思ってます」

陽菜が決定している事項をホワイトボードに書いていると、資料を眺めていた二階堂が呟いた。

「へえ。ラジオにも事前収録と生放送があるのか」

「え？　そこからですか？」

よくよく話を聞くと、二階堂はテレビ業界では敏腕プロデューサーとして名を馳せていたものの、ラジオに関してはズブの素人のようだ。

「ラジオなんて、あんまり聴く機会がなかったからなぁ」

しかも、ラジオについて知らないことをむしろ自慢に思っているらしいことが、言葉の端々に滲み出ている。

「ラジオってさぁ、耳から聞くだけのツールじゃん？」

当たり前じゃん、と言い返したくなる気持ちをグッと抑え、冷静に聞き返した。

「まあ、そうですけど。それが何か？」

「テレビはさぁ、視覚と聴覚の両方に働きかけるから、受けるインパクトがラジオの何倍にもなるわけさ」

つまり、コンテンツとしてテレビの方が優れている、と言いたいらしい。

「でも、テレビって視聴者が想像できる余地が小さいですよね？」

「は？　想像？」

「視聴者は違う場面や表情を想像していたかも知れないのに、誰かが監修した画面を見せつけられるわけで」

　言い返されると思わなかったのか、二階堂はキョトンとした目で陽菜を見ている。

「リスナーはパーソナリティの表情とか、彼らが座ってるブースの空気感まで知りたくて、じっとラジオの音に耳を澄ますんです。だからこそ、その世界に深く没入できるんです」

　一瞬、二階堂がウッと息をのんだのがわかった。

　だが、すぐに気を取り直し、小馬鹿にしたような顔をして「そんなもんかねぇ」と、呟く。陽菜の力説など、どこ吹く風だ。

　学生時代、傍らにラジオがあったからこそ今の自分がある、とさえ思っている陽菜には、どうしても二階堂のテレビ至上主義が受け入れられない。

「二階堂さん。全く興味がないのに、どうしてラジオ番組のプロデューサーになられたんですか？」

　陽菜はついつい嫌味を含んだ言葉を吐き出してしまった。が、二階堂はそれを意にも介さない様子で、不意に遠くを見るように目を細め、チベットスナギツネみたいな顔になった。

「まあ、色々あってな……」

一瞬、口ごもった二階堂だったが、すぐに晴れやかな顔になり、

「ま、次は新しい分野に挑戦することにした、ってとこかな。その……なんて言ったっけ？　聴覚にだけ働きかけることで没入できるコンテンツ、だっけ？」

とって付けたように言う。

「だからって、わざわざ大阪のＦＭ局まで都落ちしなくても良かったんじゃないですか？」

陽菜は皮肉を込めて言った。それなのに、二階堂に「だよな」と苦笑され、逆に自分のプライトが傷つく有り様だ。

――この人とは絶対合わない。

理屈ではなく、本能的にそう思った。


その日の昼休み、〝二階堂、都落ちの真相〟が陽菜の耳に入った。ソースはやはり社長秘書の沙織だった。

「二階堂プロデューサーって、首都銀の重役の息子らしいねん」

陽菜と話す時だけ、いきなり下町のオバチャン口調になる沙織が、社食のラーメンをすすりながら明かす。

「え？　今日赴任したばかりのプロデューサーのこと、もう調べたの？」

「せやで。朝イチで東都テレビの知り合いに探りを入れてみてん。善は急げ、っていうやろ？」

「いや、善かどうかはわからないけども」

沙織はチャーシューを箸でつつきながら話を続ける。

「ほんでな、確かに二階堂さんは業界屈指の敏腕プロデューサーやったらしいねんけど、某芸能プロダクションの社員とW不倫したことが発覚して退職させられた上に、今は離婚の危機らしいわ」

「は？　W不倫？」

「そうやねん。あの人、『アマハル』のプロデューサーやんか？　ヒットメーカーとして業界でも有名やし、下手したら週刊誌沙汰になるところやってんけど、不倫相手の所属してる大手プロダクションが『二階堂を東都テレビから追放するなら、事件を表沙汰にはしない』て言ったらしいわ」

陽菜の脳裏に二階堂のニヤけた顔が浮かぶ。

――直感した通りだ。私が一番嫌いなタイプの不誠実な男。

思わず、彼と握手した右手をジーンズで拭っていた。

「で、娘の養育費を払うために再就職先を探してたらしいねんけど……」

「あの鼻持ちならないプライドのせいでいい会社が見つからなくて、父親のコネでうちのスポンサーの地方銀行経由で話をつけてもらって、仕方なくラジオ局に来たってことなのね」

全てが繋がったような気がした。

「まあ、簡単に言うとそういうことやねん」

「ラジオ、ナメんなよ、バツイチ野郎」

「それがさあ」

沙織がテーブルの下で足をバタバタさせながら、さも面白そうに笑う。

「今回は離婚協議中でまだバツはついてないみたいやねんけど、二階堂さん、四十二歳にして既にバツ3やねんて」

「はあ？　バツ3？　あの男、四回も結婚してんの？」

沙織は笑っているが、陽菜は呆れ果てていた。

「まあ、私生活はともかく、実力はあるみたいやから、キャリア採用でプロデューサーの肩書まで与えられたんよ。面接では、もちろんラジオのことも熟知してる、メディアに関することで知らないことはない、みたいに社長の前で豪語したらしいわ」

「一体、どの口が……！」

もちろん、大口スポンサーのコネだから不採用は有り得ないのかも知れない。

だが、許せないのはさもラジオのことも熟知しているかのように語ったらしいことだ。

「社長が、いやあ、ちょうど良かったわぁ、一カ月後に新番組が始まるんやけど、ディレクターを初めて任せる子が担当するんで、サポートしてもらえると助かるわぁ、って言うてんのを盗み聞きしててん」

大改編に躍起になっている社長の目に、二階堂の経歴はさぞ眩しく見えたことだろう。陽菜は歯ぎしりした。

——いや。たとえ、尊敬できない上司の下であっても、任された番組だけはいいものにしなければ。

番茶を飲んで気を取り直した陽菜は、社食を出て制作部に向かった。そして、デスクでスマホをいじっている二階堂に「新番組の打ち合わせをお願いします」と声を掛けた。

「君に全部任せるから、適当にやっといて」

二階堂は投げやりな態度だ。

もしかしたら、ラジオ局でのプロデューサー業は、ほとぼりが冷めた後、テレビ局に返り咲くまでの腰掛けだとでも思っているのかも知れない。

「わかりました。勝手にやらせてもらいます」

だが、こんなラジオを馬鹿にしている男に指図されるよりは自分が好きなように番組を作れる方がありがたい。

「じゃ、蛍原君、会議室行くよ」

ADに付けてもらった新入社員の蛍原卓(すぐる)に声を掛けた。

「え？　プロデューサー抜きでええんですか？」

蛍原は二階堂をちらちら見て気にしている。

「いいのよ、本人が勝手にやってくれ、って言ってんだから」

聞こえよがしにそう言って、会議室に移り、打ち合わせを始めた。

「企画はもう、いくつか考えてるの。ペライチの簡易版だけど」

それぞれの企画内容をOA用紙一枚にまとめた企画書を数枚、クリップで束ねて、蛍原に渡した。

この局では芸能人の番組や人気のある帯番組には放送作家がつくが、常に人員不足のため、ディレクター自ら原稿を書いている番組も多い。

「まとめると、こんな感じかな」

それぞれの企画の概要をホワイトボードに箇条書きにすると、蛍原がぽかんとした顔になる。

「なんか……。どれも、今ある番組に似てますねぇ……」

入社して一年、まだ右も左もわからないはずの新人に指摘され、立場がない。けれど、正直自分でも、どこかありきたりな、これまでの番組の亜流のアイデアであるような気がしていた。

「それは私もわかってる。本当はこれまでにない、もっと斬新な番組にしたいんだけど」

さすがに蛍原も斬新な企画は思いつかないらしく、急にどんよりした顔になり、黙々とホワイトボードに書かれていることをＰＣに打ち込み始める。

そこへ紙コップのコーヒーを片手に二階堂が入ってきた。

「制作部にいても退屈なもんで」

陽菜は、暇つぶしかよ、という言葉を危うく呑み込む。

しかし、蛍原はわざわざ立ち上がり、「二階堂プロデューサー、お疲れ様です！」と、会釈をした。その瞳に、なぜか急に生気が蘇ったように見える。気のせいだろうか、ホワイトボードを見る目に真剣さが増し、キーボードを叩く音が軽やかになった。

二階堂は、うんうん、と頷いて蛍原に片手を上げてみせ、テーブルの隅に席をとった。

陽菜は二階堂を意識しないようにして会議を進めた。

「深夜、わずか三十分で存在感を出すためには、やっぱ他の番組とは一線を画す何かが必要なんだよね。私はそれは臨場感じゃないかな、と思うんだ」

誰に言うでもなく、腰に手をやってホワイトボードを眺め、頭の中を整理する。

すると、コーヒーをズズッ、とすすった二階堂が口を開いた。

「君が言う臨場感とはなんだ？」

急に尋ねられ、戸惑った。

「それは……。安定感よりライブ感を重んじたい、というか……」

言葉にするのが難しく、もどかしい。が、陽菜の抽象的な意見を、二階堂がサラッと代弁した。

「つまり、多少の危うさはあっても、パーソナリティとリスナーが一緒にドキドキするようなフレッシュな番組ってことか？」

「そう！　それ！　それです！」

思わず、二階堂を指さしていた。

「けど、どうすればそんな番組になるのか、わからなくて」

「それなら、視聴者……じゃなくて、リスナーに近いアマチュアパーソナリティによる、未完成な番組にした方がいいだろうな。視聴者……じゃなくて、リスナーは聴いててハラハラしながらも、親しみやすいパーソナリティを応援したくなるだろう」

いちいち、リスナーと言い直すところは嫌味で気になったが……。

「そう！　それが言いたかったんです！」

声を上げる陽菜を制するように、二階堂が無言で掌を見せる。

「だが、そうなると、何よりも、パーソナリティの魅力に頼るところが大きくなる」

「やっぱり、そうなりますよね」

無視するつもりだったのに、ノリノリで二階堂と意見を交わしていた。

「でも、そんなフレッシュで魅力的な人材なんて、どうやって探せば……」

陽菜はマーカーを握りしめたまま、会議室の天井を見上げて呟く。

「そういう時、テレビならオーディションをやる。音楽ユニットやダンスチーム。今や世の中は空前のオーディションブームだ。ま、テレビの話だが」

「オーディション！　それいいですね、それ！　公開オーディション！」

いっそ、オーディションの段階から電波に乗せてしまおう。デビュー前からパーソナリティにファンがついたりなんかしたら、儲けものだ。

「ああ！　でも、オーディションの告知をするためには番組名が必要だわ。どうしようかな、番組名」

ワクワクしながら悩む陽菜に、二階堂が尋ねる。

「その番組を象徴するワードは何だ？」

「えっと……。パーソナリティは新人を起用。私がディレクターをやるのは初めてで、プロデューサーもADも未経験者。つまり、キーワードは『ビギナー』か。いや、生放送の臨場感も表現したいし……。あ！　番組名は『ビギナーズ・ライブ』なんてどうでしょう？」

うっかり、二階堂におうかがいを立ててしまった。

「他に入れたい情報は？」

「えっと……。放送が金曜日の深夜枠だから……、金曜夜のビギナーズ・ライブ！」

思わず番組タイトルを叫んでいた。

「いいんじゃないか？」

ニヤリと笑った二階堂が親指を立てた。それを見て、学生時代、先生に褒められた時みたいに嬉しくなった。

――なんだか、ラジオを聴いたことすらない男に、うまいこと誘導された気がする。

ちょっと複雑な気持ちになって、ほころびかけた口元を慌てて引き締める。

そんな陽菜の内心を知ってか知らずか、蛍原がパチパチと手を叩いていた。

「さすが、二階堂さんですー！　二階堂さんのくださったヒントで、タイトルもパーソナリティの選抜方法もすっかり決まりました！　ほんと、さすがです！　僕、欠かさず見てたんですよ、アマハル！」

新人ADは仕事上まだまだ使えそうにないが、意外に世渡り上手だった。

「いやあ、俺は根っからのテレビマンだからさあ。ラジオは君と同じルーキーだ。よろしくな」

なんて言いながらも、二階堂はまんざらでもない顔をしている。

やはりいけ好かない男だ。が、彼が会議室に入ってきて、あっという間に番組の骨子が出来上がったのも事実だ。制作の場数を踏んでいるからだろう。

ありがとうございました、と言おうかどうしようか迷っているうちに、二階堂は席を立って会議室を出て行ってしまった。

こうして、四月のスタートに向け、番組作りが始まった。

ザ・オーディション

ラジオや雑誌やSNSを駆使し、『金曜夜のビギナーズ・ライブ！』のオーディション告知をしてから約一カ月が経った。

「もし、魅力的なパーソナリティ候補が山のように殺到したらどうしよう」

そんな期待をよそに、応募してきたのは、採用二名に対し、わずか三名だった。

——マジか……。

面接官は絶望している陽菜と、飄々(ひょうひょう)としている二階堂のふたりで務めることになった。

それでも、当初の予定通りロケ班を入れてオーディションの様子を収録することにしたので、少し広めの会議室を予約した。

最初に会議室に入ってきたのは挙動不審な男だった。

しかも、会議室の入口に立っている案内役のスタッフが、通路で待たせている候補者に声を掛ける前に飛び込んできた。

それは目つきの悪い三十代ぐらいに見える男性だった。顔色が悪く、頬がこけ、無精ひげを生やしている。

――あれ？　ひとり目の応募者は女性だったはずじゃ？

手元に彼の物と思われる履歴書が見当たらない。

――ま、当日参加でもいっか。候補が増えるのはありがたいことだし。

陽菜は気を取り直し、男に椅子をすすめた。

『どうぞ、お掛けください』

男は正面のパイプ椅子に座った後も落ち着きなく、視線を泳がせ、貧乏ゆすりをしている。

『大丈夫ですか？』

『え？　何が？』

きょとんとして、聞き返された。

本人は自覚がないようだから、クセのようなものなのだろう。陽菜はそう納得して、インタビューを始めた。

『いえ。失礼しました。まず、お名前をお聞きしてもいいですか？　本名はご都合がお悪いということでしたら、ラジオネームでも大丈夫ですから』

履歴書を送ってきた候補者には事前に、実名での放送になること、実名がＮＧの場合はラジオネームを用意してもらうこと、などを依頼していた。

だが、履歴書が見当たらない彼には、その条件が伝わっているかどうかわからない。

『は？　何やねん、ラジオネームて』

その粗野な物言いもさることながら、ラジオネームも知らない人間がパーソナリティに応募してきたことの方が衝撃だ。

陽菜はうろたえながらも答えた。

『えっと……。ラジオ番組にお便りを送る時に使うハンドルネームみたいなものです』

『ハンドル？　車の？』

『は？　車？』

会話が全く噛み合わない。

『あんたの言うてることの意味がわからへん』

それはこっちのセリフだ、と思いながらも丁寧な口調を心がけつつ、確認した。

『私が言っていることがわかりませんか？』

『うん。わからへん。なんか、ピヨピヨ言うてるなー、って感じ』

真顔でそう言ってから、ぎゃはは、と声を上げて笑う。

――ピヨピヨって……。何？　この人……。

目の前で、面接中にゲラゲラ笑っている男に異常なものを感じていると、急に廊下の方が騒がしくなった。ドアの向こうで、

「待ってください！　今、収録中です！」

ば、スーツ姿の者もいた。
明らかに警察関係者らしき数名が、ドタドタと足音荒く入ってくる。制服の者もいれ
次の瞬間、会議室のドアが、バンッ！　と勢いよく開いた。
と誰かを制止する女性社員のものらしき声が聞こえた。

――え？　何？

反射的に立ち上がった陽菜は、茫然と闖入者たちを見ていた。
『容疑者、発見しました！』
面接していた男を床に押し倒し、手錠を取り出してインカムで連絡する刑事らしき男。
――え？　容疑者って？
『田中次郎！　覚せい剤取締法違反で逮捕する！』
『知らんて！　クスリなんて！』
『昨日、交通違反で捕まった男が、お前から覚醒剤を買ったってゲロしたんだよ』
暴れる男を取り押さえ、手錠をかけてニヒルに笑う刑事らしき人物。
『午前十時十五分！　マル被、確保しました！』
別の警察関係者と思われる人物が、被疑者らしき男の逮捕を報告している。
『ご協力、感謝します！』
特別何もしていないのに、敬礼され、陽菜はおっかなびっくり敬礼を返した。

目の前を、手錠をかけられたパーソナリティ候補……ではなかった被疑者らしき男が、連れ去られていく。

『えっと……』

陽菜はこの状況をどう捌けばいいのかわからず、ひたすら戸惑った。

すると、二階堂が小声で囁いた。

「あとで被疑者の名前のとこだけピー音入れて、音声加工して放送すりゃいいんだよ」

そう言われても、陽菜はまだ目の前で起きたことが信じられず、頭の中を整理できないでいた。

が、全く動じた様子のない二階堂は、平然と口を開いた。

『どうやら、先ほどの方はパーソナリティの応募者ではなく、放送局に逃げ込んできた容疑者の方だったようです。いやあ、刑事ドラマの大捕り物を見ているようでした。麻薬Gメンの皆さん、お疲れ様でした。さ、気を取り直して、本当のエントリーナンバー一番の方をお呼びしましょう』

二階堂はさらっと進行を続けて、まだ茫然としている陽菜の腕を肘でつつく。

すっかり収録中だということを忘れていた陽菜は、ハッと我に返り、椅子に座り直した。

『あ。そ、そうですね。こ、今度こそ、エントリーナンバー一番の方、どうぞ』

陽菜の目配せを受けたスタッフが、ドアを開け、通路に待機している候補者に声を掛ける。

次に入ってきたのは女性だった。ゴスロリ風のワンピースから、細い手足がすんなりと伸びている。顔も人形のように愛らしく、フリルがいっぱいついたワンピースに負けていない。

――こんなに大きな黒目、初めて見た。

見ているだけで吸い込まれそうな彼女の瞳から視線を外し、陽菜はテーブル上の履歴書に視線を落とす。

『ここに書いてあるお名前でお呼びしていいんですね？』

『はい』

ニコッと微笑む口元に、同性ながら思わず見惚(みと)れる。

『では、有栖茉莉花(ありすまりか)さん、よろしくお願いします。それにしても素敵なお名前ですね』

『芸名です』

『え？　あ、そうなんですか？』

『私、本当はアイドル志望で、東京の芸能事務所に所属してまして……』

『へ、へえ……』

何となく、彼女とも会話が嚙み合わない。

『本名は有栖川(ありすがわ)茉莉花と申します』

『え？　あ、せっかく芸名あるのに、本名も言っちゃうんだ。てか、ほぼほぼ本名なんですね』

『だって、名前が漢字六文字って長くないですか？　なんか、見た目がウザい、って言うか』

『そ、そうですか？』

茉莉花の発言は、漢字六文字の名前の人に悪いような気がした。案の定、隣に座っている二階堂有起哉が、「ふん。くだらない」と忌々しげに呟く。

なのに、茉莉花は面接官のひとりが不機嫌になったことにも気づかない様子で、更に持論を展開する。

『そうですよ、絶対！　六文字の名前って、何となく見た目バランスが悪いじゃないですか！』

名前が漢字六文字でも五文字でも大勢に影響はないような気がした。が、彼女は譲らない。それに、この話題が長引くと二階堂の機嫌が悪くなりそうなので、陽菜は話題を変えた。

『わかりました。では、芸名の方でお呼びします。有栖茉莉花さん、あなたはアイドル志望なんですよね？』

『はい。希望はアイドルです』

アイドルがラジオ番組を持つことはよくあることだが、彼女はやっとプロダクションに入ったところで、まだデビューもしてないという。

『じゃあ、どうしてラジオパーソナリティに応募されたんですか？』

『うーん。テレビのオーディションは落ちまくってるので、地方のラジオならいけるかなー、なんて。テヘ』

――ナメられてる、完全に。

見た目はメチャクチャ可愛いのだが、残念ながらラジオではルックスの良さが伝わらない。しかも、いちいち発言が不用意で、リスナーの反感を買いかねない。

だが、二階堂は、本当はテレビに出たがっている茉莉花のことが気に入ったらしい。

『いや、君のビジュアルなら絶対テレビだよ。良かったら、今度、テレビの制作会社の人間を紹介するよ。バラエティ番組のアシスタントぐらいから始めたらどうかな？』

『え？　テレビ番組のアシスタントですかー!?』

茉莉花の頬が薔薇(ばら)色に染まり、瞳孔が開いたように見えた。

『東都テレビのクイズ番組でさぁ、無駄にレースクイーンみたいな恰好(かっこう)した女の子が、問題のヒントを書いたフリップ持って出てくるヤツ、知らない？　あれなら、全く喋る必要ないし、ビジュアル重視だし』

つまり、見た目しか必要ない、と言われているにもかかわらず、アイドル志望の女子は、目を輝かし、うんうん、と頷きながら聞いている。

『あの番組の担当ディレクター、俺の元部下だから今度紹介するよ』

『えー？　ほんとに紹介してくれるんですかぁ～？』

『ほんと、ほんと。君、絶対、イケるよ』

その後はジェスチャーで、電話するから、みたいなメッセージを送っている。

――ナンパにしか見えない。さすがバツ3。て、感心してる場合じゃない。収録中なんだってば。

『と、とりあえず、合否についてはまたご連絡します。今日はこれで終わりです』

スタッフに目配せし、彼女を退室させる。

横目で二階堂の評価表を見ると、適性に『×』をつけていた。一応、パーソナリティの向き不向きは、冷静に判断しているようだ。

『では、次の方、どうぞ』

三人目にして、ようやくまともそうに見える男子が入ってきた。色白で頬がふっくらしていて、まだ少し幼さが見える。

履歴書も綺麗な文字で、そつなくちゃんと埋められていた。

『鈴賀祐太郎君ですね。大学三回生。へえ、法学部なんだ』

『法学部と言っても、法律とか、ぜんぜんわからへんのですけど』

『え？　そうなんですか？』

『法律は難しいし、退屈です』

『じゃあ、どうして法学部へ？』

『そこしか受からなかったので』

――なるほど……。正直だ。けど、特に魅力も覇気も感じられない。

それでも陽菜は気を取り直し、具体的な説明に入った。

『多少の融通は利きますが、打ち合わせは土日どちらかの昼間、放送は金曜の深夜になります。学生さんですけど、学業の方に影響はありませんか？』

『はい。募集に書いてあった出勤曜日は授業がないので大丈夫です』

受け答えに引っかかるような点はない。初めて言葉が通じる候補者が現れた。が、その口からは特に、ラジオパーソナリティに対する熱意も憧れも語られない。

『よく聴くラジオ番組とかありますか？』

陽菜は踏み込んで聞いてみた。

『え？　ラジオ聴いてないと、ここで働かれへんのですか？』

『は？　ラジオを聴かない人がこの仕事を選ぶことはないと思うんですけど』

『えー？　でも、条件さえ良ければ応募しますよね？　コンビニでバイトする人がみんな、しょっちゅうコンビニ利用するとは限らないじゃないですか』

『そ、それはそうですが……』

『しかも、ただのバイトですよね？』

『まぁ、一般企業の事務とか販売とか、工場のラインとかならそうかも知れませんけど。バイトとはいえ、ラジオパーソナリティの仕事ですから』

『え？　パーソナリティ？　ラジオ局の雑用のバイトやないんですか？』

『違います。これはラジオパーソナリティのオーディションです』

『えーッ!?』

　驚きの声を上げた後、彼はガックリと項垂れ、失望を露わにした。

『やっとオカンの条件に合いそうな、安全で楽そうな内勤のバイトが見つかったと思うたのにぃ』

　急に子供のような口調でぼやき始める祐太郎。

　——えーと……。これ、公開オーディションなんだけど。

　隣で二階堂が笑いをかみ殺している。

『考えてみたら、僕、ラジオとか、聴いたことないわ』

　祐太郎が申し訳なさそうに頭を下げる。

『だよねー。今時の若者はラジオなんて聴かないよね？　やっぱテレビっしょ』

　なぜか二階堂が嬉しそうに乗っかる。

『いや、テレビも見ません。見るのは動画とか……、サブスク系とか……』

『あ、そう』

二階堂はむっつりと不機嫌そうな顔になって黙り込んだ。

悲しげな様子でしばらく黙っていた祐太郎が、ようやく顔を上げた。やけにさっぱりした表情を浮かべている。

『もういいです。今回は御縁がなかったってことで』

祐太郎が立ち上がり、さっさと会場を後にした。

——は？　なんで、こっちが断られたみたいになってるわけ？


意気込んでオーディション審査に臨んだ陽菜だったが、精神的にだんだん疲れてきた。

『もういいわ。最後の人、入れて』

その次に入ってきたのは、六十歳の男性だった。

中肉中背、白髪交じりで、眉間に深い皺が刻まれており、外見は年齢相応に見える。

彼は無言で会釈はしたものの、にこりともしない。陽菜の目には無骨そうな人物に見えた。

『小手川康夫さん、念のためにお聞きしますけど、ラジオパーソナリティへの応募ということでよろしいですよね？　警備のバイトとかじゃなくて』

そう確認してしまうほど、ラジオパーソナリティのイメージからは遠い。

『ええ。私は昔からラジオが大好きでして』

――おっ……！

その声に、一瞬で聞き惚れてしまった。テノールが耳に心地よく、聞き取りやすくて深みがある。

『実はこちらのFMマインドさんに大好きな番組がありまして』

彼はその〝いい声〟で結城まりんの番組について、熱く語り始めた。やはり、魅力的で説得力のある声だ。しかも、ラジオ番組への強い愛が感じられる。

――やっと逸材が現れた。

陽菜は救世主を見るような気持ちだった。

ただ、その喋り方は安定感がありすぎて、リスナーはドキドキするどころか安心して聴いてしまいそうだ。陽菜の求める、〝多少危なっかしくてもフレッシュな番組のパーソナリティ〟に相応しい声とは言い切れなかった。

――唯一の逸材が、そつのないトークをするオーバー・シックスティの男性とは……。

この番組は本当に四月にスタートできるのだろうか。一抹の不安がよぎった。

なにわルーキーズ

意外にも、グダグダになったオーディションの切り抜き音源がバズり、まだ番組は始まっていないにもかかわらず、新番組『金曜夜のビギナーズ・ライブ！』に関するSNSへの投稿や、ラジオ局宛ての応援メールが急増していた。

一番多かったのは『逮捕された人はどうなったのですか』という声。

――まあ、そりゃあ気になるよね。私も気になるわ。

だが、さすがに、その後の顛末（てんまつ）を警察に問い合わせることはできなかった。

次に多かったのは『アイドル系候補は何という番組のアシスタントになったのですか』というものだ。

有栖川茉莉花が二階堂の口利きによって、クイズ番組のアシスタントになれたのか、なれなかったのか、気にならないといえば嘘になる。だが、二階堂が「当たり前だろ。誰の紹介だと思ってんだ」とか言ってドヤ顔をするのが目に見えるようで、尋ねる気が失（う）せた。

そのふたりに比べれば、反響は少なかったものの、祐太郎と小手川についての投稿もあった。

『あのヤル気のなさそうな大学生は採用になったのですか？　あれが採用なら、僕でもパーソナリティになれませんか？』

『還暦のオジサンの声が渋かった。オジサンのラジオが聴いてみたい』

などなど……。

「どうしましょうか」

考えあぐね、陽菜は二階堂に相談した。

「時間もないし、選択の余地はないだろ」

突き放すように言われ、悩んだ末、ラジオをこよなく愛するトラック運転手の小手川康夫と、事務職のバイトと間違えてオーディションにきた大学生の鈴賀祐太郎のふたりによる新番組を作ることにした。

合格の連絡をした時、小手川は感激に声を震わせ、電話口でむせび泣いているようだった。

一方、祐太郎の返事は軽く、「へ？　嘘やん。マジで？」だ。喜んでいるというより、ただ驚いているだけの声だった。

翌週の日曜日。

陽菜はとりあえず確保したパーソナリティふたりを含め、関係者を招集した。

パーソナリティは会社員と学生。平日の昼間は仕事や授業があるので、打ち合わせは日曜日にした。

「俺は別に、打ち合わせなんて出なくてもいいけどな」

例によって二階堂はやる気がなさそうな素振りを見せていた。が、今回も打ち合わせの時間にはちゃんと会議室に現れた。

「初回放送日は四月五日の金曜日です。この番組は臨場感を売りにしたいので、生放送にこだわりたいと思っています」

陽菜がそう言っただけで、小手川の頬が引(ひ)き攣(つ)り、ぼやっとした顔で打ち合わせに臨んでいた祐太郎も、ゴクリと唾を飲み下した。

「いやいや、無理だろ。もう公開オーディションの惨劇を忘れたのか？　そもそも、ド素人に生放送なんて、百万年早い」

陽菜の言葉を否定したのは二階堂だった。

「けど、収録ではド素人の良さが伝わらないと思います」

売り言葉に買い言葉で、うっかり〝ド素人〟などと口走ってしまった。

「それはそうだが、ド素人が放送事故でも起こしたらどうなる？　責任とらされるのは俺だぞ。少なくとも一回目の放送は事前収録にして様子を見るべきだろ。百歩譲って、初回で生放送が許されるのはオープニングとエンディングの十秒ぐらいだ」

「三十分の内のたった二十秒？」

こうなると、短いと思っていた三十分がやけに長い時間に感じるから不思議だ。

三十分間オールライブでやりたかった陽菜は、大いに失望した。だが、何かあった時に自分が責任を取れる立場ではないこともわかっている。

しかも、陽菜と二階堂が「ド素人」「ド素人」と連呼したせいか、ふたりはすっかり自信をなくし、萎縮しているように見える。

「ご、ごめんなさい。ド素人っていうのは、悪口じゃなくて、いい意味で言ってるので」

陽菜は慌ててフォローした。

「久能木、そう焦るな。様子を見て、二回目から生放送の時間を増やせばいいだろ」

二階堂の言葉に、ふたりのパーソナリティはようやく顔色を取り戻す。

黙ってPCに向かっていた蛍原が、さも感銘を受けたような顔をして手を叩いた。

「二階堂さんの仰（おっしゃ）る通りです。初回で放送事故なんか起きたら取り返しがつかないですからね」

入社してまだ一年足らずだというのに、見事な腰巾着ぶりだ。

「はいはい。わかりました。そうそう事故なんて起きないと思いますけど、初回だけは二階堂さんに百歩譲って、事前収録した音源メインでいきます。生放送は、タイトルコールとエンディングの挨拶だけにしますから、安心してください」

二階堂の意見に従った理由は、ふたりのパーソナリティの、自信のなさそうな様子を目の当たりにしてしまったからだ。新人に無理をさせて心の傷にでもなってしまったら、それこそ取り返しがつかない。


そんな打ち合わせを経て、初回放送本番の一週間前に、第一回目の収録を行った。

初めて足を踏み入れたであろうスタジオで、小手川と祐太郎の顔は悲壮なほどの緊張感を漂わせている。

陽菜が彼らと一緒にブースに入り、二階堂と蛍原がサブルームに座った。

「先日の打ち合わせで決まったように、初回、生放送になるのは冒頭のタイトルコールと最後の締めくくり部分だけです。真ん中のメインの部分は、これから収録する音源を流すので、安心してください」

励ましたつもりだったが、ふたりはまだ強張（こわば）った顔のまま頷く。

テーブルにつく動作もぎこちない。

「当日は小手川さんの渋い声でタイトルコールをお願いしますね。それに続いて、これから収録するおふたりの自己紹介を流します。先に小手川さん、次が祐太郎君の順です。では、練習してみましょう。まだ録音はしませんが、マイクに向かって本番のつもりで、どうぞ」

小手川が少し緊張した様子で、彼の目の前にあるマイクに向かって口を開いた。

「いよいよ始まりました、『金曜夜のビギナーズ・ライブ！』。パーソナリティを務めさせていただきます、小手川康夫です」

小手川のオープニングコールはプロ顔負けの滑らかなものだった。しかも、運転中に関東のラジオ放送も聴いているせいだろう、完璧な標準語。滑舌もいいのだが……。

「えーっと私はです……ね、年齢は六十歳です。えっと、あの、運送会社で働いています。す、少し前までは、ちょ、長距離ドライバーだったんですけどね、ええっと、今は主に、フォ、フォークリフトで荷物の積み込みを……」

小手川は自身のプライベートについて語り始めると、途端に、しどろもどろになった。

「小手川さん、在阪局なので標準語じゃなくてもいいですよ。普段、喋る感じでも」

すると、喋りは滑らかさを取り戻したものの、次第に恨み節の色が濃くなった。

「フォークリフトなんていうのは、ある程度コツを摑めば誰でもできる仕事なんですわ。私は十八の時から四十二年、長距離ドライバー一筋やったわけです。それやのに、会社は定年とギックリ腰を理由に『運転手を引退せえ』て言うわけですよ。まだまだ走れるのに。そら、腹立ちますよ」

「はい、収録、ちょっと止めましょうか」

陽菜がストップをかけた。

「やっぱり、小手川さんは関西弁、やめときましょうか。何だか愚痴が生々しくなりました。せっかく、綺麗な標準語が喋れますしね。それから、自己紹介は一度、紙に書いて整理して、とにかく会社への不平不満はやめときましょう」

「す、すみません！」

額の汗をハンカチで拭っていた小手川が、深々と頭を下げる。

「いえ、怒ってるわけじゃなくて、よりよい放送にするためです。じゃ、小手川さんに自己紹介をまとめてもらってる間に、祐太郎君の方を収録します」

「え？　僕？」

ぼーっと、ブースの中を見回していた祐太郎が、指で自分の鼻先あたりをさした。

「はい。祐太郎君の番です。どうぞ」

「は、恥ずいな……」

頰を赤らめ、照れ臭そうな顔で深呼吸した後、祐太郎は咳払いをひとつして、マイクに向かった。

『同じくパーソナリティの鈴賀祐太郎です。某Ｆラン大学三回生。部活もサークル活動も、なーんもやってなくて、バイトもこれが初めてです。二十年間、ずっと彼女なし。ええとこなしの二十歳でーす』

物怖じしない祐太郎の自己紹介は、関西弁のイントネーションがほどよく、親しみを感じるリスナーも多いだろう。だが、喋っている内容があまりにも薄い。

「ちょ、ちょっと休憩しましょうか」

眩暈を覚えた陽菜は、ブースを出て、サブルームでスマホを弄っている二階堂に小声で訴えた。

「二階堂さん。自己紹介のコーナー、やめません？　パーソナリティの魅力が全く伝わりません」

いや、そもそも、このふたりに魅力というものがあるのかどうかさえわからなくなってきた。

「もう、名前だけ言って、お便りコーナーを始めた方がいいんじゃないでしょうか」

ブースの音声を聞いていたのかいないのか、二階堂は欠伸をひとつした。

「いやいや、初回なんだから、パーソナリティ紹介は必要だろ」

「そうでしょうか？　小手川さんは現状に不満を抱えてるし、祐太郎君のリアルの充実度は普通の大学生より遥かに低いです。そんなんでファンがつくでしょうか？」

その質問に、二階堂は片方の口角をギュッと持ち上げた。

「久能木。お前は何もわかってないな」

「は？」

少なくとも、ラジオのことは二階堂よりわかっているつもりだ。ムッとする陽菜の顔を見ることもせずに、二階堂が続けた。

「芸能人やプロのパーソナリティの番組ならまだしも、ド素人の番組を聴くようなリスナーが、自分よりリアルが充実してるパーソナリティの話を聴きたいと思うか？」

「それは……」

「まず小手川だが、彼が抱える悶々とした気持ちは同年代のリスナーに響くと思うぞ？　俺もテレビ局時代、定年が見えてきた先輩たちの愚痴をよく聞かされたもんだ。再雇用されても、役職はないし、給料は下がるし、どんどん体力は落ちるし、遣り甲斐を失って、目標も気力もなくなるんだよ」

少なくとも、定年を経験したことのあるリスナー層には共感されるんじゃないか、と二階堂は言う。

「昔からラジオを聴いてたのは、まだスマホがなかった時代を生きてきた世代だろ？　つまり小手川世代のリスナーも一定数いるはずだ」

「まあ、そう……かも……知れませんね……」

二階堂が言うとそんな気もしてくる。

「それから、祐太郎の話の中に垣間見える（かいまみ）Ｆラン大学生の諦め気味の人生観も悪くない。今の若者は自己肯定感が低い。祐太郎の存在に安心し、共感する若者も沢山いるだろう。

これが、radiko 世代だ」

「そんなもの……なのかも……」

　悔しいが、二階堂の説には一理ある。

「わかりました。自己紹介コーナーの収録はもう少し練習してもらって、慣れてからにします」

　小さく頭を下げた陽菜は、再びブースに戻った。ふと、ガラス越しに見た二階堂はまた、スマホを弄っている。

　——あんた、ほんとにちゃんと聴いてた？　適当なこと言ってない？

　この上司を信用しきれなかった。


　結局、勢いをつけるため、先にリスナーからのお悩みに答えるコーナーを収録した。

「収録は何回でもやり直しができるので、まずはテストだと思って、気楽にトークしてください。一通目の相談は小手川さんが相談内容を読んで、ふたりで話し合ってリスナーさんの悩みを解決してあげてくださいね。では、始めます」

　ひとつ目の相談はメールで届いていた。相談内容はライブ感を出すため、ふたりには事前に見せていない。

　それでも、小手川は自分に関すること以外は、立て板に水のごとく喋れるようだ。

『最初の御相談はラジオネーム〝ハムちゃんラブさん〟からです。「先日、ペットショップで目があったハムスターを、うちにお迎えしました。男の子です。どうか、彼に素敵な名前をつけてあげてください」だそうです』

メールによれば、お迎えしたハムスターは普通のハムスターよりかなり目が大きく、少し巻き毛が混ざっている、とのこと。呼べば振り返り、飼い主の言葉が理解できているようだ、という。ついには、このハムスターは曽祖父の生まれ変わりに違いない、とまで書いてあった。

そのハムスターがいかに特別な存在であるかを力説するメールを小手川が読み終えた後、祐太郎が呟くように言った。

『ハム太郎でええやん』

その発言に絶句する小手川。

『祐太郎。ちゃんと聞いてたか？　真剣に考えろ。リスナーさんにとっては唯一無二のハムスターなんだから』

たしなめられた祐太郎は考え込んだ。

『うーん……。て言うても、ただのハムスターなんやろ？　うーん……。目が大きくて巻き毛かぁ……。どっかにおったなあ、そんな人』

『人？』

『誰やったかなー。何かの教科書で見たような気がすんねんなー。デカ目の巻き毛』

記憶を掘り起こすように、頭を抱え、髪の毛を掻きむしる祐太郎。

『あ！　あれや！』

祐太郎がハッと顔を上げ、叫んだ。

『お！　思い出したのか！』

『思い出した！　一般教養の世界史の教科書に石膏像が載っとったわ！』

『は？　教科書？　石膏像？』

『あれや、あれ！　アレキサンダー大王や！』

前のめりになっていた小手川が、テーブルで頭を打ちそうになる。が、すぐ気を取り直したように締めくくった。

『はい。では、ハム太郎にするか、アレキサンダー大王にするかは、リスナーさん御自身が決めてくださいね。では、齧歯類つながりということで、ハムちゃんラブさんに贈ります、〝ミッキーマウス・マーチ〟』

選曲は相談内容から繋がりのありそうなものを蛍原が選んで音源を準備し、パーソナリティに渡したお便りの最後にメモ書きしてある。

小手川と祐太郎はひとまずホッとしたように、英語の音楽を聴いていた。

やがて音楽が終わり、次は祐太郎がメールを読む番がきた。

『では次の御相談です。ラジオネーム、〝走り屋ジロウ〟さん。「小手川さんはベテランのトラック運転手さんとのことですね。自分は来週、仕事で岩手県に行くんですけど、10トン車が停められる安くて美味しいドライブインとか食堂とか、知りませんか？」という、これはパーソナリティへの御相談というより、ベテランドライバーへの情報提供の依頼ですかね』

祐太郎は読み終わり、ニコニコしながら小手川に目をやる。

『岩手……』

そう呟いたまま黙り込む小手川。それまでは滑らかなトークを聴かせていただけに陽菜は不安になる。しかも、得意分野の相談のはずなのに。

テーブルの下、祐太郎がつま先で小手川の脛のあたりをつついている。

『あ、ああ、申し訳ない。そうですね。岩手県のどのあたりを走っておられるのかわからないですが、私がよく立ち寄っていたのは四五号線を田老海岸の方へ入った所にある〝みちのく食堂〟という店です。駐車場ではないのですが、周囲には空き地が沢山あって、そこはみちのく食堂さんが管理されてるそうなので、10トン車も余裕で置けます。その食堂の店主の奥さんが作る煮物が最高なんですよ。ほんとに……ほんとに……最高の御夫婦なんです……』

小手川が声を震わせ、目尻を指で拭っている。

祐太郎はギョッとしたような顔になって、戸惑うようにチラと陽菜を見た。

収録を続けるべきか、休憩を入れるべきか、陽菜は迷った。

すると、サブにいる二階堂がコピー用紙にマジックで何かを書き、祐太郎に向けヒラヒラさせている。そこには、ただ一言「続けろ」と殴り書きされていた。

祐太郎は目を泳がせながら番組の進行を続けた。

『で、では次の御相談です。こちらは東京在住のラジオネーム、ハンプティダンプティさんから、って、え？　東京から？　radikoでオーディションか予告を聴いたんかな？　それにしても、わざわざ東京から？　ま、ええけど』

自分の番組のことを、radikoで聴くほどの価値があるのだろうか、と言わんばかりに首を傾(かし)げてから、祐太郎は続ける。

『「私は東京在住、十九歳のフリーターです。つい最近、好きな人が出来ました。でも、その人は私よりすっごく年上で、異性としてはぜんぜん相手にしてもらえません。同年代の友達に相談しても、「後妻業」とか「遺産目当て」とか「パパ活」とか思われてしまい、まともにアドバイスしてくれる人もいません。彼に女性として見てもらうためにはどうしたらいいでしょうか……」って、僕に聞かれてもなあ。僕、今まで女の子と付き合ったことないからなあ』

祐太郎は考え込んだ後、あっけらかんとした口調で続けた。

『ま、ええやん。悩むほど好きな人がおるだけでも羨ましいと思うで？　うん。ええと思うわ。ま、頑張ってね。ファイティ～ン』

ふんわりと答えた後、祐太郎は小手川を一瞥した。が、彼はまだ、俯いたまま黙っている。

『小手川さんがまだフリーズしたままなので、僕から、すっごく年上の男性が好きなハンプティダンプティさんに贈ります。秋川雅史さんで、〝千の風になって〟です』

──いやいや、年上の彼、まだ死んでないからね！　一体、いくつの男性を想像してるわけ？

陽菜がガラス越しに選曲した蛍原を睨む。さっきのミッキーマウス・マーチといい、彼のセンスは少し、いや、かなり変わっているような気がしてきた。

数えきれないほどのダメ出し、録りなおしを経て、四時間近くかかってようやく一回目の収録が終わった。

小手川は疲れ切った様子で、

「ラジオ収録がこんなに大変なものだったとは……」

呟きながら重い足取りでブースを出て行く。

その後ろ姿はプレッシャーに圧し潰されそうになっているように見えた。

一方の祐太郎は軽い調子で、「お疲れ様でーす」と、来た時と変わらない歩調で帰って行った。何もなかったかのように。

今日の収録のリテイクを反省している様子も、パーソナリティとしての重責を感じている様子もない。自己肯定感は低いのに、驚くほどメンタルが強い。

そして、総責任者である二階堂は「まあ、最初はこんなもんだろ」と楽観的だ。

——大丈夫かな、こんなんで……。

不安しか残らない収録だった。

ハッシュタグ「ビギナーズ・ライブ」

そして迎えた本番当日、金曜日の夜。

オンエア初日は予定通り事前収録した音源をメインに、オープニングとエンディングだけはライブで行うことになっている。今夜のライブ部分はわずか数十秒だが、生放送の雰囲気に慣れてもらうため、あえてスタジオに足を運んでもらった。二階堂が言うように、小手川と祐太郎が慣れてきたら、徐々に生放送部分を増やしていく作戦に切り替えた。

「おはようございまーす。今日はよろしくお願いします」

出演前、パーソナリティが控える会議室に挨拶へ行くのは、ＡＤ時代からのこだわりのルーティーンだ。お菓子や飲み物は予め用意してあるが、他に足りないものがあればリクエストを聞くとともに、出演者の顔を見て調子を確かめる。

――え？

小手川と祐太郎は控室の端と端、別々に部屋の隅に座っていた。彼らの顔は心なしか白く、血色を失っているように見えた。あたかも亡霊のようだ。

どうやら、小手川の緊張が伝染したらしく、いつもはマイペースな祐太郎まで表情が硬い。

「じゃ、じゃあ、ブースの方に移動しましょうか」

陽菜の声で、ハッとしたように腰を上げたふたりは、どこかぎこちない歩き方だ。

「どちらでも、お好きな方に座ってください」

ブースには、テーブル中央にセッティングされたマイクを挟んで向かい合うように、チェアが置いてある。

——カチコチだな……。

呼吸すら忘れている様子のふたりに、陽菜はなるべくソフトに説明した。

「FM局のジングルが流れて、五秒後にキューを出しますね」

ふたりは無言で頷く。

「今日の放送はほとんどが収録音源なので、大丈夫ですよ。タイトルコールとエンディングの挨拶だけです。失敗のしようがないと思うので、リラックスしてください」

そう励まして、陽菜がブースからサブルームに移動した。正直、収録内容自体に若干の不安は残るが、二階堂がこれでいくと言って聞かなかったのだ。

一分後、FMマインドのジングルが流れた。

陽菜がパーソナリティに向かってガラス越しに『キュー』を出す。

まだ心の準備ができていなかったのか、慌てた様子でマイクのスイッチをオンにした

小手川が、何を思ったのか、

『ゆ、結城まりんのはぴはぴ・マンデー……あ！　ちゃうわ！　ちゃうちゃう！　金曜夜のビギナーズ・ライブ！　ス、スタートです！』

と、いきなり番組名を間違えた。

――嘘でしょ……。

番組の前に流れるジングルのせいで、小手川は条件反射的に、彼がいつも聴いているラジオ番組のタイトルを叫んでしまったのだろう。

タイトルコールだけだったのに、まさかの事故……。

陽菜は唖然（あぜん）としたが、二階堂は余裕の表情だ。

「まあ、あれぐらいなら、放送事故って騒ぐほどのことじゃない」

だが、ミスは更に続いた。

この後は収録した音源が流れる段取りになっていたが、まだマイクがオンの状態なのに、祐太郎が「なあなあ、小手川さん。ハピハピって何？　結城まりん、って誰なん？」と無駄話をしてしまった。

――ガッデム……！

サブルームで頭を抱えた陽菜は、収録にしておいて良かった、と胸を撫（な）でおろした。

もし、全編生放送にしてたら、どんな事態が起きていたかわからない。

しかし、収録分の放送中、ＳＮＳや届いたメールをチェックすると、さまざまなコメントが溢れていた。

ハムスターの名前のくだりでは、ハムスター愛好家やミッキーマウスのファン、齧歯類の専門家などから意見やクレームが殺到した。

『ミッキーをハムスターと一緒にするな　#ビギナーズ・ライブ』

『そもそもハムスターとは、キヌゲネズミ科キヌゲネズミ亜科に属する齧歯類の総称であり、ミッキーマウスは架空のネズミである　#ビギナーズ・ライブ』

一方、放送全般に関する反応の大半は好意的だった。

『祐太郎って、自己肯定感ゼロ。でも、そこが可愛いかも。キュンです　#ビギナーズ・ライブ』

『ハムスターの名前、何に決まったんやろう　#ビギナーズ・ライブ』

『年上彼氏好きのリスナーちゃん、気になるわ〜。続報、プリーズ　#ビギナーズ・ライブ』

『小手川さん、みちのく食堂に何か因縁があるんですか？　#ビギナーズ・ライブ』

『ビギナーズ・ライブ、なんかオモロい。素人くさくて、聴いててドキドキする。これ、来週も聴いてまうな　#ビギナーズ・ライブ』

タブレットでＳＮＳの反応を確認した二階堂は、よし、と頷いて立ち上がった。

「次の週の放送から、オール生放送で行こう」

「はあ？　二階堂さん、ちゃんと放送、聴いてました？　個人的には、生放送は百万年後でも大丈夫なくらいです」

「お前がライブに拘ってたんじゃないか」

「それはそうですけど、今夜、絶対無理だと確信しました」

「そう遠慮するな」

二階堂は何が何でも来週からライブ放送にするつもりだ。何かを確信している様子だが、陽菜は胸騒ぎを抑えられなかった。


そして迎えた一週間後、二回目の放送日。いよいよ、全編生放送の日だ。

陽菜がパーソナリティの控室に入ると、小手川が何とか自分を落ち着かせようとするみたいに深呼吸を繰り返していた。祐太郎は何か分厚い本を一心に読んでいる。

「祐太郎君。何読んでるの？」

「六法全書」

「え？　なんで今、六法全書？　パーソナリティの仕事に絶望して司法試験受けることにしたの？」

「まさか。これ読むと頭ん中が空っぽになって安眠できるねん。本番までまだちょっと時間あるし、仮眠しようかと思って」

――いや、法律の勉強してる人が六法全書を読んだら眠くなる、っていうのもどうなの？

何とか平常心を取り戻そうとしているパーソナリティたちを目の当たりにして、陽菜の中の不安は大きくなる。

「あ、そうだ。小手川さん。さっき、これを結城まりんさんから預かりました。小手川さんに渡して欲しいって」

陽菜が扇子を差し出すと、小手川が驚いたように視線を上げた。

「え？　まりんさんから？」

「まりんさん、たまたま前回のビギナーズ・ライブの放送を聴いてらしたみたいで、『完全に放送事故だったけど、私の番組の宣伝してくれてありがとう』って。これはそのお礼だそうです」

小手川は宝物にでも触れるかのように、おずおずと扇子に手を伸ばす。

「ほ、ほんとに？　本当にまりんさんから？」

そう何度も確かめながら彼が扇子を開くと、ふわっといい匂いがした。

「へえ。白檀(びゃくだん)を使った扇子なんですね。そう言えば、まりんさんからも同じ匂いがしました。扇子の移り香だったんだ……」

陽菜は彼女に抱き締められた時のことを思い出した。

「まりんさん！」

突然、そう叫んだ小手川が、廊下に飛び出して行く。まだそこに結城まりんがいると思ったのだろう。

「あ。小手川さん。まりんさんは、もう裏口から帰られましたよ」

「え？　裏口？」

「まりんさんは、パーソナリティの声のイメージをとても大切にしている人なんです。声とルックスにギャップがあると思われるのが嫌だから、って。実際、彼女のビジュアルを知っているのは、番組を担当する関係者だけなんですよ」

陽菜は遠回しに、結城まりんには会えないことを伝えた。

「そうなんや……」

小手川は肩を落とした。そして、仕事で遠方から帰ってきた時、ラジオから彼女の声が聞こえてくると『お帰りなさい』と言われているようで気持ちが和んだ、と打ち明け、残念そうに微笑んだ。

しかし、結城まりんは、その姿を見せることなく、小手川のパーソナリティとしての実力を引き出した。

その日の小手川は、前回とは別人のようだった。

『さてさて、始まりました、金曜夜のビギナーズ・ライブ！　第二回目の本日はナント！　全編、生放送で送らせて頂くことになりました～。いやぁ、ドキドキするねー、祐太郎』

と、口では言いながらも、全く緊張感は見せず、喋りはベテラン並みに滑らかだ。

その手には拡(ひろ)げた扇子がある。あの白檀の香りが小手川を落ち着かせているのかも知れない、と陽菜は感心した。――扇子に宿る結城まりんのパワー、恐るべし……！

『そうですねえ。僕も緊張してます。けど、責任はプロデューサーの二階堂さんがとらはるんで安心です』

祐太郎の声は、まだ少し硬いようにも聞こえるが、前回よりはノリがいい。

短いオープニング曲の後、小手川が一枚の葉書を手に取った。

『さて、今日最初のお便りは、前回反響の大きかった、年上男性好きのハンプティダンプティさんからです。また、お葉書を頂きました。前回もそうだったんですけど、この方、お若いのにメールフォームじゃなくて、本当にお葉書を送ってくださってるんです』

『今時は、年賀状もＳＮＳっていう人が多いのに、古風やねえ。てか、ほんまに葉書で送らんと〝ハガキ職人〟になられへんと思うてるとか？』

クオリティの高い投稿が番組内で何度も取り上げられるような常連リスナーのことを、

業界用語でハガキ職人という。中にはスカウトされ、放送作家になるリスナーもいるのだ。

『まさか、そんな思い込みで葉書を送ってきているということはないと思いますが、葉書の裏にはビッシリと、前回の放送に対する訂正というかクレームというか、反論というか、不満というか、が書かれています』

『うわ。ほんまや。怖いほどびっしりや。なんか、怨念のようなものすら感じるわ』

『じゃあ、祐太郎、読んでみて』

小手川が祐太郎に葉書を差し出す。

『え？　僕が？　マジかぁ。なんか、読むだけで生霊みたいなもんに取り憑かれそうで怖いねんけど。でも、この呪いの恐怖を乗り越えて、浮遊霊みたいにフワフワしてる僕が読ませてもらいます』

祐太郎は意を決したように、小手川から受け取った葉書に視線を落とした。

『では読みます。「先日の放送では、私の好きな人が明日をも知れない老人のような扱い受けてましたけど、彼は、せいぜい五十代後半ぐらいだと思います……」。うん？　思います、って、大好きな人の実年齢も知らんのかーい！　というツッコミはひとまず置いといて続けます。「彼は私の仕事のことで相談に乗ってくれたり、的確なアドバイスをくれたりして本当に頼れる人なんです。けど、私が気持ちを伝えた途端、年の差がありすぎる、娘のようにしか見えない、とか言われてしまいました。でも、私は同年代の男子には何の魅力も感じません。彼のことが好きで好きでたまりません。彼を振り向かせるためにはどうしたらいいでしょうか」という内容です』

祐太郎は無言で肩をすくめ、アメリカ人が「ノー・アイデア」と言う時のようなゼスチャーをする。

すると、小手川が、

『つまり彼は、ハンプティダンプティさんの三倍ぐらい長く生きておられるわけですね。一概には言えませんが、それなりの人生経験を積んでこられたと思います。ありきたりかも知れませんが、その年上男性と対等になれるように自分を磨くとか、そういう前向きな努力をされてみてはどうでしょうか』

と、正当派のコメントを述べる。だが、祐太郎は首をひねった。

『いやあ、自己研鑽とか、大人は簡単に言うけど、なかなか大変やと思うよ?』

『大人は、って。祐太郎。お前ももう成人なんだけどね』

『あ、そっか。てへ。けど、無理して背伸びして付き合うんもストレスちゃう? まだ若いんやし、他の人と付きおうてみたら、意外と目から鱗の魅力もあったりするんちゃうかなぁ。よう知らんけど』

『知らんけど……って。祐太郎、そんな関西のオバチャンの無責任発言みたいなオチはやめなさい。もっと真面目に考えて』

『すんませーん。けど、何を言うてみたとこで、彼女いない歴二十年を誇る僕には何の説得力もないしな』

『………』

　祐太郎の軽さに呆れたのか、小手川が絶句している間にも、リスナーからは、

『ハンプティダンプティさんの恋を応援したい　#ビギナーズ・ライブ』

『何となく書いてきていることも幼いし、ハンプティさんは同年代の男の子と付き合うべきだと思う　#ビギナーズ・ライブ』

『祐太郎、もっと真面目に相談にのってあげて～　#ビギナーズ・ライブ』

『小手川さん、意見が昭和の王道すぎ～！　#ビギナーズ・ライブ』

など、さまざまな意見やアドバイスが書かれたコメントが押し寄せている。

「すごい……。この時間帯の、芸能人でもないパーソナリティの相談コーナーにこんな反響があるなんて……」

　ＰＣ画面を眺めている陽菜は目を瞠（みは）った。

『僕も基本的にはハンプティさんを応援したいて思うてるねんけど、相手の人がどんな人か、まだようわからんし。年上男性についての情報が少なすぎるからアカンような気がする。ハンプティさん、詳細プリーズ』

二階堂はサブルームで「いいぞ、祐太郎。このネタ、どんどん引っ張ろう」と、ニヤついている。

彼の嗅覚は、この恋愛相談は盛り上がる、と嗅ぎつけているようだ。

「オッケー。祐太郎君、次のお便りにいって」

陽菜がトークバックで番組を進めるよう指示を出した。トークバックとはサブルームからブースの出演者に対し、ヘッドホン越しに指示を送ることだ。

『んじゃ、次のお便りにいきます』

祐太郎が手元のOA用紙に手を伸ばした。

『ラジオネーム、走り屋ジロウさんからの「ふつおた」です』

ビギナーズ・ライブへのメールによる投稿フォームは『相談』と『質問』、そしてリスナーが近況などを語る『ふつおた（普通のお便り）』が選択できるようになっている。

祐太郎は咳払いをひとつして、OA用紙に視線を落とした。

『先日、小手川さんから教えてもらった、岩手のみちのく食堂に行ってきました。昭和初期のような、古くて狭い食堂でしたが、店主の老夫婦の温かさが伝わってきました。サバの味噌煮(みそに)とほんのり甘いダシ巻き卵が最高でした』

そこまで読んだ後、祐太郎は心配そうに、チラ、と小手川の顔を見た。

陽菜も前回の小手川の落涙を思い出しながら、少し強張っている小手川の横顔を見ていた。

この話題に一瞬、顔を曇らせた祐太郎だったが、そのままお便りの続きを読んだ。

『会計の際、この店のことは小手川さんに教えてもらった、と言うと女将さんが自家製の漬物を持たせてくれました。そして、店主のお爺さんが、小手川さんは最近来ないが、長距離トラックの運転手は辞めてしまったんだろうか、と心配そうに言っておられたので、お伝えします』

気がつくとブースの中の小手川が、掌で涙を拭っていた。

本来なら、祐太郎の読む投稿内容を聞いていた小手川が、投稿に対して何らかのコメントをする番だ。

が、小手川は一言も言葉を発しない。リスナーからポツポツと心配の声が届き始める。

『どうした、小手川さん！　頑張れ！　#ビギナーズ・ライブ』

『小手川さんの様子がおかしい件。みちのく食堂と何か関係があるのだろうか？　#ビギナーズ・ライブ』

それ以降は祐太郎が頑張りを見せ、残り一通の相談をひとりでこなして、番組は無事に終了した。例によって、最後は『知らんけど』で締めくくられたのだが。

「小手川さん、大丈夫ですか？」

控室で帰る準備をしている小手川に、陽菜が紙コップのコーヒーを差し出した。

小手川は少し寂しそうな顔で紙コップを受け取り、一口飲んでから、みちのく食堂の老夫婦との交流、長距離トラックの運転手を辞めざるを得なかった状況を打ち明けた。

「いつか、ちゃんとみちのく食堂のふたりの顔を見て、自分の口からトラック運転手を辞めたことを言わな、て思ってるんですけどね」

明かされた苦しい胸の内に、陽菜の気持ちも沈んだ。

負け犬のバイト料

その翌週。

次の放送の打ち合わせのため、小手川と祐太郎が来社していた。

「採用条件には書いてありましたが、社内経理の締め切りの関係で、おふたりにも今日、二週間分のアルバイト料が口座に入金されてます」

「え？　バイト料？　もう？」

と、ふたり同時に声を上げたところを見ると、採用条件などの小さな文字は読み飛ばしているようだ。

「こちらは明細書です。打ち合わせや収録の拘束時間、生放送の出演対価です」

回数としては少ないが、パーソナリティの出演料は普通のアルバイトより遥かにいいはずだ。

「え？　こんなにもらってええんですか？」

支払い明細を見た小手川は目を丸くし、祐太郎は「やったー！　マジで？」と単純に歓喜の声を上げる。

「番組の放送時間が延びれば、その分お支払いする額も増えます。人気が出れば、一時間番組も夢じゃないですからね。これからも期待してます！」

昨日は自信喪失しているように見えた小手川と祐太郎だったが、今は少し表情を明るくしている。

「あ、そうだ。遅くなりましたけど、新番組スタートのお祝いがてら、ご飯でもどうですか？　この後、お時間あります？」

帰ろうとしたふたりに声を掛け、気乗りがしない様子の二階堂も誘って、局の近くにあるイタリアンへ赴いた。よく利用する店なので、直前の予約でもＦＭマインドだと言えば融通が利く店だ。

イタリア国旗が目印の、こぢんまりとした白壁の店の中に入ると、オリーブオイルとガーリックの香りに食欲をそそられる。

案の定、四人は『ＦＭマインドの隠し部屋』と言われる奥の個室に通された。

こういうのには慣れているのだろう。それぞれが注文した飲み物が運ばれたのを見計らい、二階堂が乾杯の音頭をとった。

「では、ビギナーズ・ライブの船出を祝して、乾杯！」

が、乾杯が終わるとすぐ、二階堂はスマホを眺め始め、小手川も祐太郎も何を話していいのかわからない様子で、店内を見回したりしている。

気を遣って、最初に口を開いたのは陽菜だった。

「小手川さん、ダブルワークは大変じゃないですか？　放送は週に一日ですが、打ち合わせもありますし」

「それがですね」

と、小手川がビールを一口飲んでから続けた。

「逆にダブルワークになったせいか、つまらないと思ってたフォークリフト作業や事務仕事にも張り合いが出るようになったんですよ」

「え？　そうなんですか？」

「ええ。積み込みを要領よく手早く終わらせれば、合間にラジオのことを考える時間も出来ますしね。昼休みに会社で取ってる新聞の相談コラムを読んで勉強したりしてます」

そこまでは生き生きとした表情で語った小手川だったが、「ただ……」と急に語尾を沈ませる。

「ただ、みちのく食堂のご夫婦に挨拶できてないことが心残りで……」

そんな悲しみをよそに、二階堂はスマホを片手にスパークリングワインを飲みまくっている。

――やっぱ、声、掛けなきゃ良かった。

二階堂のことは空気だと思うことにして、陽菜は今度は祐太郎に話しかけた。

「祐太郎君はどう？　パーソナリティのこと、大学の同級生とかに話したの？」

運ばれてきた前菜に視線を奪われていた祐太郎が、ハッと目線を上げて陽菜を見る。

「自分からはカミングアウトはしてへんのですけど、思ったよりラジオ人口って多いんかなあ。いろんな人から『聞いたでー』って、キャンパスでも声掛けられるようになって……」

二階堂は、思ったよりラジオ人口は多いのかも知れない、という発言にだけ反応し、「ケッ」と、あからさまに悪意のある態度を見せる。

——いやいや、あなた、今はラジオのプロデューサーだからね？

説教したくなる気持ちを抑え、陽菜は会話を続けた。

「そっかぁ。そりゃバレるよね。祐太郎君も本名でパーソナリティやってるもんねぇ」

「別に隠すつもりはなかってんけど、続けられるか自信なかったし。そしたら、友達の何人かが、初回の放送を聴いてて、あっという間に学部内に知れ渡ってもうて」

「え？　それって、パーソナリティやってることを知られるのは、本意じゃなかった、ってこと？」

「いや、それはどっちでもええんですけど、生まれて初めて後輩からサインを頼まれたりとか、『応援してます』って言われたりとか、キラキラした尊敬の目で見られて、逆に動揺した、っていうか……」

フォークを片手に照れくさそうに話す祐太郎は、どこか嬉しそうだ。

「そう言えば、祐太郎君は初めてのバイトなんでしょ？　家族に何か買って帰らないの？」

「いやいや、さすがにそれは……」

祐太郎が片手を軽く振る。

「ケーキぐらい買って帰れば、お母様も喜んでくれるんじゃない？」

「えー？　なんか、気恥ずかしいなあ」

そうやって、食事の間、ひとりで会話を回した陽菜は、ずっと無言でスパークリングワインをがぶがぶ飲んだ上に「やっぱ、シャンパンじゃないとダメだな」と文句を言う二階堂に会計伝票を押し付けた。

「ご馳走様でした。ラジオ局はテレビ局と違って、懇親会は自腹ですからね。よろしく」

「え？　そうなの？　まあ、いいけど」

二階堂が不承不承、伝票を受け取った。

食後は皆でだらだら駅の方へ向かって歩きながら、他愛もない話をした。小手川とは途中にあるバス停で別れ、二階堂は「もう少し飲んでから帰る」と言って、大通りから逸れて脇道に入っていった。

　陽菜は地下鉄の入口まで来て聞いた。

「祐太郎君も、この駅なの？」

「うん。千里中央と北千里の間やねん」

「え？　マジで？　私のアパート、桃山台なの。じゃ、一緒に帰ろうか」

　自宅の最寄り駅が一駅違いだとわかり、同じ地下鉄に乗った。特に会話もなく並んで吊革を摑んでいると、電車は地上に出て、急に視界が開ける。

　桃山台駅が近づいてきた頃、祐太郎がもじもじしながら口を開いた。

「あのー。ケーキ買うの、付き合ってもらわれへん？」

「え？　もちろん、いいよ！　喜んで！」

　陽菜は自宅の最寄り駅をひとつ越え、ふたりで千里中央駅で下車した。

「千里阪急の地下にスイーツコーナーがあったよね」

　駅から直結の百貨店の売り場に、有名菓子店が並んでいる。

「僕、何がええんか、ようわからへんから、久能木さん、選んでもろてもええ？」

「もちろん」

　この年頃の男子にとってはケーキを選ぶだけでもハードルが高いのか、と陽菜は認識を新たにする。

「久能木さんも、やっぱり初任給で家族に何かプレゼントしたん？」

ショーケースを眺めている時、そう聞かれ、陽菜は口ごもる。

陽菜が就職した時にはもう母は他界しており、生前その母を冷遇していた父には不信感しかなかった。

「わ……私は、就職で東京の実家を離れてたから。でも、一般的にはそうなんじゃない？」

「そっかー」

フルーツのたっぷり載ったホールケーキの箱に深紅のリボンをかけてもらってもまだ、祐太郎は、

「けど、やっぱり気恥ずかしいなあ。母の日とか父の日にも何もしたことないし」

と、ぐずぐず言っている。

「あのー。ほんまに申し訳ないんやけど、久能木さん、一緒にうちに来てもらわれへん？」

「いいけど、勘違いされたりしない？　ガールフレンド、連れてきた！　みたいに」

「いや、絶対、それはないんで」

絶対、ってどういう意味？　と詰め寄りたい気持ちを抑え、陽菜は祐太郎の頼みを聞き入れた。

「じゃあ、祐太郎君のお母様に同僚として挨拶するね」

「助かります！」

　祐太郎はやっと肩の荷が下りたような顔になった。


「え？　ここ？　マジで？」

　祐太郎の自宅は千里中央駅から歩いて十分ほどの所にあった。

　そこに至るまでの緩い坂道の両脇には、立派なお屋敷ばかりが建ち並んでいた。

　そんな中、祐太郎がセキュリティを解除しようとしている門扉の向こうに見える邸宅は、周囲の豪邸の中でも一際目を引く、スタイリッシュで大きな邸宅だった。

「祐太郎……。お坊ちゃまやったんや……」

　何となく封印していた関西弁が、久しぶりに口をついて出た。

「どうぞ。スリッパはその辺のを適当に」

　と言われても、御影石(みかげいし)を敷き詰めた玄関から一段上がったところに整然と並んでいるのはフランスの有名ブランドのロゴが入ったスリッパだ。

「遠慮しとく。私がはくとスリッパの形が変わりそうだから、このままで大丈夫」

　恐縮しながらソックスのまま、上がらせてもらった。

　家の中は壁も天井も純白で、床は大理石だった。と、その時、

「お帰りなさいませ」

エプロン姿で玄関に出てきて、祐太郎に軽くお辞儀をするところを見ると、どうやら家政婦さんらしい。その女性に、祐太郎が「オカン、おる？」と尋ねる。

それにしても、この家に『オカン』というワードは不似合いだ。

「奥様はリビングにおられます。お客様にお茶をご用意しますね」

そう言って、家政婦さんは奥へと引っ込んだ。

「ああ、おった。オカン。こちら、バイト先の上司の久能木さん」

ソファにゆったりと腰かけていたのは栗色（くりいろ）のセミロングヘアを美しくカールさせ、家でくつろいでいるとは思えないような完璧なメイクをした女性。

『オカン』というよりは、『ママン・レーヌ』と呼ぶ方が相応しいような、北摂（ほくせつ）の王妃といった気品と風格がある。

「え？　上司の方？　祐ちゃん、お客さん連れてくるんなら、はよ言うといてよ。お母さん、こないな部屋着で恰好わるいいやないの」

慌てるママンが着ているのは、一目でイタリアの高級ブランドだとわかるカットソーとタイトスカートだった。

――いや、その服なら銀座の高級ブティックに入っても平気だと思いますけど？

陽菜は自分が着ているヨレヨレのオーバーシャツと色褪（いろあ）せたジーンズが恥ずかしくな

った。

「すみません、突然お邪魔して。私はすぐに失礼しますので」

「「いや、お茶ぐらい飲んでってください！」」

祐太郎とその母親が同時に、叫ぶように言った。

――息ぴったり。

祐太郎の方は、ママンにケーキを渡すまでは陽菜に居て欲しいのだろう。そして、宇宙一過保護だというママンの方は、祐太郎の職場での様子を聞きたいのだろう、と陽菜は察した。

「そうそう。夫が先週ベルギー出張で、お土産に買ってきたノイハウスのチョコがあるはずやわ」

ソファを立つママンに対し、祐太郎がつっけんどんに、

「オカン。これも。今日、初任給もろたから」

とケーキの箱を差し出す。

「嘘……。嘘でしょ？　ああ……。こんな日が来るなんて……」

ママンは眩暈を起こしたかのようによろめき、ケーキを受け取ることもできず、その場に膝から崩れ落ちる。

――え？　何で？

驚く陽菜を後目に、ママンは何か悪い予感に襲われたかのようにハッと睫毛を跳ね上げ、すっと立ち上がった。そして、祐太郎の肩や胸のあたりを怪我がないか確かめるかのように叩き、最後に息子の額に手をやって体温を確認した。

「あんた、大丈夫なん？　どこか悪いとこない？　目の前を黒猫が横切ったりせえへんかった？」

ママンはどうやら、祐太郎が心身に変調を来しているのではないか、いや、ひょっとしたら、死期が近いのではないか、と本気で心配しているように見える。

まるで吉本新喜劇を見てるみたい、と陽菜は笑いそうになった。

「なんやねん、ケーキぐらいで大げさな」

祐太郎は呆れ顔で、それでも満足そうな様子でケーキの箱をママンに渡す。

そのタイミングで、薔薇の香りがする紅茶が運ばれてきた。

「それで……。久能木さんはおいくつですのん？」

向かいに座ったママンが優雅な手つきでティーカップを持ち上げる。

「え？　年ですか？　二十六ですけど」

初対面でいきなり年齢を尋ねられ、戸惑いながらも答えた。

「そうですか……。祐太郎の六つ上でこんな立派なんやねぇ……。男子は女子より精神的に幼いって言うし、祐太郎は同じ年齢の子と比べても頼りないでしょう？」

「そ、そうですかねえ。でも、お仕事の方はちゃんとされてますよ。打ち合わせにも積極的に参加してくれてますし」

するとすると、黙ってケーキを食べていた祐太郎がピシャリと言った。

「オカン。久能木さんはただの上司やから」

すると、ハイソなオカン……いや、ママンも負けずに言い返した。

「ただの上司が、ただのバイトの自宅にわざわざ挨拶に来るわけないやないの！」

——えっと……。

ただの上司がバイトの自宅に押し掛けて、ベルギー王室御用達のチョコを摘まんだり、ケーキを食べたりしながら、優雅に紅茶を飲んでいる。

自分が恥ずかしくなった。誘われたから来たのに……。

「あ、じゃあ、私はそろそろ」

居たたまれなくなった陽菜を見て、祐太郎が「ほな、駅まで送るわ」と立ち上がる。

「いいよ、ひとりで帰れるから」

まだ陽菜を祐太郎の交際相手だと疑っているらしいママンの手前、断ったのだが、道がわかりにくいから、と言って祐太郎は聞き入れなかった。たぶん、このまま家にいたら、興奮冷めやらぬママンから質問攻めにあうのだろう。

住宅地の舗道に落ちる街路樹の影を踏みながら、陽菜が尋ねる。

「ねえ、祐太郎君は意中の人、いないの？」

「僕はそういうのに疎いというか、恋愛感情が希薄っていうか……」

「けど、いいなー、と思う相手ぐらいはいるんじゃないの？」

突っ込んで尋ねると、祐太郎は困ったような顔になった。

「実は……」

短い沈黙の後、祐太郎が口を開いた。

「実は面接の時、待合室で一緒やったアイドル志望の子のことが忘れられへんねん」

最初は軽い想いだったが、その気持ちはどんどん強くなっている、と。

「ああ、あの子か……。確か、有栖川茉莉花ちゃん。アイドル志望っていうだけあって、確かに可愛かったよね」

そう言えば……。

陽菜は、面接から数日後、茉莉花に番組から不採用の連絡をした。

が、メールは届かず、郵送物も戻ってきた。どうやら転居して携帯も変えたらしい。

「もしかしたら、二階堂さんが茉莉花さんの連絡先を知ってるかも……。けど、さすがに教えてもらうことはできないよね、コンプラ的に」

すると、なぜか祐太郎は清々しい顔をして、からりと笑った。

「ええねん。運よく、こっちの連絡先を伝えることができたとしても、電話がかかってけえへんことはわかってるし」

「そう？　そんなのわかんないじゃん」

いやいや、と祐太郎は片手を振った。

「僕、とにかく、変な期待はせえへんようにしてるねん。偶然、街で出会うかも、なんてことも考えないように」

「そ、そうなの？」

「連絡先がわからないのは、不幸中の幸いやと思うてる」

「そ、そうなんだ……」

見事な負け犬根性だ。

以前よりは自信がついたように見えた祐太郎だったが、自己肯定感は低空飛行のままだった。

第3章　崖っぷちの昼下がり

異次元のテコ入れ

放送開始から三カ月ほどが過ぎた頃、ずっとうなぎ登りだったビギナーズ・ライブの評判が徐々に落ち着き始めた。

最近は番組のハッシュタグがついたコメントも少なくなっている。

そんな昼休み。屋上のベンチでカフェラテを飲んでいると、駆け寄ってきた社長秘書の沙織から聞かされた。

「ビギナーズ・ライブ、九月の改編の打ち切り候補に入ってるらしいわ」

夏の日差しが降り注ぐ屋上で、沙織の言葉に凍り付いた。

「嘘！　まだ、始まって三カ月やのに？」

「ウチのイーロン、せっかちやねん。各番組の聴取率の資料やらSNSでの反応やらチェックして勝手に来期の構想練ってるんよ」

沙織が言うには、前後の番組は好調で、ビギラブの枠を狙っているというのだ。

そうなれば、ディレクターとしては試用期間である陽菜もその肩書を失い、ADに逆戻りだ。

「嘘でしょ……」

陽菜は頭を抱えた。起死回生の一手を打たなければ、ビギナーズ・ライブは今期で打ち切られてしまう。

——ヤバい。

「二階堂プロデューサー。ご相談があります」

陽菜は昨夜(ゆうべ)一晩中、ひとりで悶々とブレーンストーミングを繰り返したものの、劇的にリスナーを増やすような画期的なアイデアは浮かばず、ついに一番頼りたくないと思っていた二階堂に相談してしまった。

「さもありなん、だな。どうでもいい相談・質問コーナーと、リスナーがしょうもない自分の日常を送ってくるふつおたコーナーだけでは飽きられて当然だ。ここまで人気を保ってきたことの方が驚きだ」

二階堂がスマホをいじりながら平然と答える。

「はい？」

——担当番組をそんな風に思ってたんかーい！　お前がプロデューサーじゃないんかーい！

そう叫びたくなる気持ちをグッと堪(こら)え、平静を装いながら尋ねた。

「じゃあ、一体、どうすれば……」

「異次元のテコ入れが必要だろうな」

どこかの首相のような発言だ。が、ワードのスケールが大きすぎて、陽菜にはピンと来ない。

「異次元って……、具体的にはどのようなテコ入れが？」

「それを考えるのがディレクターの仕事だろう？」

「は？　思いつかないから聞いてるんですけど」

プライドを捨ててアドバイスを求めているのに、二階堂はこれ見よがしに深い溜息を吐いた。

「これだから、最近の若いヤツはいつまで経っても使い物にならないんだ。鼻血が出るほど考えてから、上司に意見を求めろよ。俺たちの若い頃はなぁ……」

陽菜は耳を塞ぎたくなるような小言に耐え、じっと俯いて頭上から降ってくる聞きたくもない自慢話を拝聴しながら、二階堂がすばらしいアイデアを授けてくれるのを待った。

「んじゃ、関係者全員集めて、リスナー獲得のための対策会議でも開くか」

「はい？」

さんざんモラハラチックな説教をした後も、二階堂は自分の意見を述べなかった。

――あれだけ長々と蘊蓄（うんちく）たれたくせに、自分はノープランなわけ？

陽菜は心底呆れた。が、パーソナリティふたりの意見は聞かなければ、と考え直し、小手川と祐太郎、蛍原にも会議開催のメールを送った。

翌日、小手川の仕事と祐太郎の授業が終わる時間を考慮し、夜七時、会議室に集合をかけた。

いつになく生き生きとした顔の二階堂が、ホワイトボードに『ビギナーズ・ライブ異次元のテコ入れ案』と書きなぐってから、くるりと皆の方に向き直り、重々しく口を開いた。

「今日集まってもらったのは他でもない、ビギナーズ・ライブのリスナーを爆増するような画期的なアイデアを出し合うためです。企画があれば、じゃんじゃんバリバリ出してください。ただし、ひとり三分以内で」

「リスナー爆増って……」

そんなプレッシャーをかけられては、誰も手を上げられない。

それでも、二階堂は容赦なく、「んじゃ、小手川さんから」と言って、これ見よがしにスマホのストップウォッチのアイコンをタップする。

持ち時間三分が、一秒ごとに切り刻まれて消えていく。

「あ、あわわ。えっとぉ……。あ、そうだ。リスナーさんから、誰にでもひとつぐらいはある、滑らない鉄板の持ちネタとか募って……」

　バンッ！

　二階堂がテーブルを叩いた。まだ説明の途中で、発表を始めて一分も経っていないのに。

「はい、消えた！　そういうバラエティ番組あるから、テレビで！　じゃ、次は祐太郎」

　小手川の案は『秒』で却下された。

「え？　僕？　えっと、じゃあ、いっそスタジオを飛び出して、地方を自転車で走りながら、民家とか見つけて住人との交流を図りながら……」

「あるから！　それも！　しかも行動範囲の狭い自転車じゃなくて、バイクな！」

　二階堂がいら立ったようにテーブルを拳で叩いた。すると、それまでPCに皆の意見を打ち込んでいた蛍原が、自信ありげな顔で「はい」と手を上げた。

「空港で外国人見つけて来日の目的をインタビューして……」

　バンバン！

　また、二階堂が激しくテーブルを叩く。

「あるって、それも！　あんたら、テレビ、全く見ないのか!?」

　三人とも二階堂から却下を食らった。

陽菜も昨夜色々考えた。

しかし、思いつくのは正当派のラジオ番組の二番煎じか、テレビ番組のパクリに近い企画ばかりだった。ありきたりだ、と二階堂に罵られそうで、皆の前で発表することもできない。

——これまでにない、斬新なラジオにしたい。そう思って始めた番組なのに……。

陽菜はガタ、と椅子を鳴らして立ち上がり、二階堂を睨んだ。

「じゃあ、どうすればいいんですか！　二階堂さんのプランを教えてくださいよ」

陽菜は自分が指名される前に、二階堂に矛先を向けた。

すると、彼は「ふふん」と不敵な笑みを浮かべた。

「必要なのは素人パーソナリティならではの更なるライブ感だ」

自信満々の顔をして断言する。

「それはわかってます。けど、今でもライブ放送なのに、これ以上どうやってライブ感を出すんですか？　具体的には？」

ニヤリと笑った二階堂は、勿体を付けるかのようにワンテンポ置いてから口を開いた。

「ラジオドラマだ」

「は？　めっちゃ普通ですやん。しかも、録音したドラマを流すとなると、今より臨場感は落ちるのでは？」

詰め寄る陽菜の顔を一瞥し、二階堂はフンと鼻で笑った。

「俺はテレビ局時代、ドラマの神様と呼ばれていた男だぞ。大ヒットした『アマハル』は言うまでもないが、医療ドラマ『黒い巨頭会談』、ホームドラマ『中華料理屋の一族』、更には民放初の大ヒット時代劇『どうなんだよ、秀吉！』も俺が手掛けた」

二階堂は陽菜でも知っているようなドラマの名前をあげ連ね、プロデューサーとしてそれらの制作を総合的に陣頭指揮した、と胸を張る。

「そんな俺が今回やるのは普通のラジオドラマではない。ドラマの前半はスタジオ収録でやるが、クライマックスとなる後半は生放送だ。場合によってはスタジオを飛び出す。そうすれば臨場感にメリハリが出る」

「え？　ラジオドラマを生放送で、ですか？　しかも、ロケですか？」

「その通り。脚本家は俺が見つける」

二階堂が椅子にふんぞり返った。

「けど、パーソナリティはふたりとも男性ですよ？　女性の声は必要ないんですか？」

「必要に決まってるだろ」

当たり前のように二階堂は答えるが、プロの声優を雇うような予算はない。

「声だけなんだから、ド素人でも何でもいいんだよ。そうだ。久能木、お前やれよ」

「え？　私が!?」

「この番組、他に女性スタッフがいないんだから、仕方ないだろ」

「仕方ないって……」

二階堂の意見で、予算削減のため、女性役は陽菜が務めることになった。

ラジオドラマ『みちのく食堂』

翌日、陽菜と蛍原、小手川、祐太郎を会議室に呼び出した二階堂が、ドヤ顔でぶちあげた。

「ドラマのタイトルを発表する」

陽菜は期待に胸を膨らませ、蛍原も前のめりで話の続きを待っている。

「ラジオドラマ、一本目のタイトルは『北の国から』だ」

蛍原が「すばらしい。格調高いタイトルですー！」と称賛の拍手を送る。だが、年齢的に蛍原は知らないかも知れないが、ドラマ好きの陽菜は知っている。

「は？　北の国から？　って、倉本聰(くらもとそう)先生の昭和の名作ですやん！」

陽菜が叫ぶと、二階堂は鬱陶しそうな顔をして言った。

「多少、タイトルは被(かぶ)っているかも知れないが、中身は全く別物だ」

「多少って、タイトル、丸パクリです」

陽菜は悲鳴に近い声を上げた。だが、二階堂は事もなげに笑う。

「大丈夫、大丈夫。拝借したのはタイトルだけだから、著作権の侵害には該当しない」

「中身が違うのは当たり前としても、苦情が来るのは目に見えています。あれほど、

『テレビとネタかぶりだ』とか言って他の人の企画は却下したくせに……」

陽菜はぶつぶつ不満を漏らす。

「どうしてもタイトルが気になるって言うんなら『北の国からⒶ』でもいいぞ」

「はあ？　藤子不二雄先生じゃあるまいし！」

あまりにも一貫性のない二階堂の言動に呆れ返り、もうタイトルはどうでもよくなってきた。

「苦情が来ても知りませんからね」

「わかったわかった。本当のタイトルは、ラジオドラマ『みちのく食堂』だ」

さんざん言い争ったが、二階堂は最初からそのタイトルに決めていた様子だ。

「けど、みちのく食堂って……」

小手川の胸にわだかまっている、老夫婦が営む食堂の名前だ。

「主演は小手川康夫。彼の心の中には未だに、長距離トラックのドライバーという仕事、そして、みちのく食堂を営む老夫婦への未練がくすぶっている。それらと決別することで、本当の意味で、小手川のパーソナリティとしての未来が拓けるという筋書きだ。どうだ、感動的だろう」

二階堂はホワイトボードに、いつものミミズが這ったような文字で企画内容を書き連ね、満足げな顔で自画自賛している。

「え？　ラジオドラマって、俺の話なんですか？」

　小手川が唖然とした顔で二階堂を見る。二階堂は営業的な笑顔を浮かべ、小手川に右手を差し出した。

「そうです。この際、番組の中で、小手川さんの胸に刺さっている棘(とげ)を抜きましょう。これぞＷｉｎ－Ｗｉｎのテコ入れです」

　あたかもこれが最善策であるかのように言われ、小手川は困惑顔で首をひねりながらも「はぁ……」と二階堂の手を握り返し、曖昧に受け入れてしまっている。

　だが、これまで多くのラジオ番組に携わってきた陽菜の頭には疑問が残った。

「たった三十分の枠で、そんなに濃い人間ドラマを？」

　二階堂はあっさり答えた。

「いや。せっかくだから、二部構成で二週にかけて放送しよう」

　つまり、一夜目で、これまでの小手川と老夫婦との交流、そして長距離ドライバーの引退を余儀なくされた現状をドラマ仕立てで描く。ここは事前にスタジオで収録。

　そして、二夜目の放送前日、小手川と陽菜はトラックで大阪を出発。トラックは小手川に運転させ、陽菜がその道中の様子をレポートし、十分ぐらいに凝縮した音声ファイルを本社に転送して、いよいよ、ここからが生放送。

　心のしこりとなっている老夫婦との対面の様子をリアルタイムで放送するという運び

だ。
「どうだ、いいだろう」
段取りを説明した二階堂は悦に入っている。
パチパチパチパチ！
今や『二階堂専属の褒め人』のようになっている蛍原が立ち上がり、喝采を送る。
「すごい！　いや、もはや尊い！　企画を聞いてるだけで感動の涙が溢れ出そうです！
やっぱ、二階堂さんは本物の天才です！」
「いやいや。ちょっと考えればこれぐらいのアイデアは出せるんだよ。新人の頃から、
血を吐く思いで企画出ししてきたからな」
一昨日は鼻血だったような気もするが、今は吐血だろうが鼻血ブーだろうが関係ない。
とにかく、今までと違う刺激的なテコ入れが必要なのだ。
「わかりました。小手川さんがいいと仰るのなら、これで行きましょう」
そこまで感動的になるかどうかは別として、第一夜のドラマの作り方次第で、第二夜
の生放送への期待は高まるはずだ。
小手川が老夫婦にどう別れを切り出すのか、老夫婦はどう反応するのか、リスナーは
手に汗握り、ドキドキしながら耳を澄ませることだろう。
——何より、最後に老夫婦の顔を見て別れを告げることで、小手川の心残りが消える

なら……。

数日後、一夜目放送分の収録が行われた。

小手川役は本人が、食堂の主人を二階堂、その妻を陽菜、そして祐太郎はナレーションとその他のモブ役の声をあてることになった。

『さて。今夜のビギナーズ・ライブはがらりと趣向を変えまして、ラジオドラマ〝みちのく食堂〟をお送りします』

ドラマは祐太郎の教科書を読むような、棒読みトーンのナレーションで始まった。

『大阪の運送会社で長距離ドライバーとして働く小手川は、不器用で人付き合いが苦手だった。そんな彼が唯一、心を通わせたのが岩手にある〝みちのく食堂〟の老夫婦だった』

訥々(とつとつ)としたナレーションに続き、三人の心温まる交流が会話形式で描かれる。

『こ、こんばんは。お、おやっさん、お、女将さん、元気やった？』

小手川の声のトーンがいつになく硬い。彼は自分のことを喋るとなると緊張するようだ。それは、最初の収録の時と変わらない。

次は二階堂の番だ。

『ああ、やっちゃんか』

短いセリフだが、二階堂の声は本当に北国に住む寡黙な老人のそれのようだった。

――うまい……。

感心している間に陽菜の番がくる。

『小手川さーん。これ、残り物のお惣菜だけど、良かったら持って行って』

自分ではまあまあの出来だと思っているのに、二階堂がチッと舌打ちをして録音を止めた。

「久能木。お前の役は八十半ばの婆(ばあ)さんだぞ？　どっかのファミレスの若手店員じゃないんだからな。もっと声に年輪を出せ、年輪を！」

「すみません……」

「頭からもう一回！」

いきなり陽菜のせいでリテイクとなった。

二回目の録音は粛々と進んだ。

ドラマの主人公である小手川は定年を機に、長距離ドライバーからフォークリフトによる積み込み作業者へと配置換えになる。しかし急だったので、みちのく食堂の老夫婦に最後の挨拶ができなかったことが、ずっと心に引っかかっている。

小手川は悶々とする。

『このままではアカン。やっぱり、ふたりに会って事実を伝えな』

小手川が決心し、運送会社の社長に交渉するところで、今夜の収録は終わった。

ビギナーズ・ライブのリスナーであれば、パーソナリティの小手川康夫が元トラック運転手であることを知っている。そして、彼が岩手のみちのく食堂に何か強い思い入れがあることに感づいている人も多いだろう。

つまり、リスナーの大半が、これが実話であることに気づいているはずだ。

番組の最後に、来週は実際に小手川がみちのく食堂に赴き、老夫婦にこれまでの感謝と別れを告げる、と予告したところでSNSの反響が大きくなった。

『絶対、来週も聴く』『待ちきれない』『頑張れ小手川さん』

そんなコメントが溢れていた。

「この企画はイケる。来週は間違いなく全米が泣くぞ」

二階堂は既に勝ち誇ったような顔をしている。

――全米って……。

さすがにアメリカからの反応はなかったが、リスナーからの反響は放送終了後もどんどん大きくなった。

『どうなるんだろう。みちのく食堂ってワードが出るだけで動揺しているらしい小手川さんだけど、しっかり自分の思いを伝えられるのかな？　#ビギナーズ・ライブ』
『老夫婦も小手川さんも、泣いてしまうんじゃないですか？　小手川さんの気持ちの整理がつきますように。見守ります！　#ビギナーズ・ライブ』
『自分のことになると途端に口下手な小手川さんが心配です　#ビギナーズ・ライブ』
陽菜もリスナーと同じように、展開の見えないリアルドラマに気持ちがソワソワして落ち着かなかった。

今回に限り、小手川の長距離トラック乗務を許してもらうため、陽菜は小手川と一緒に運送会社を訪れた。

「やっちゃん。はよ、言うてえや。そういう事情やったら、長距離の一回や二回、走ってもろたのに」

小手川を一方的に配置換えするようなワンマン社長かと思っていたが、実際、会ってみると社長は話のわかる気のいい人だった。


こうして、二夜目の放送前日、陽菜は中継用の機材を片手にトラックの助手席に乗った。トラック内での出来事は、陽菜がレポートする。

『こんばんは。ビギナーズ・ライブのディレクター、久能木です。私は今、ビギナーズ・ライブのパーソナリティ、小手川さんが運転する10トントラックの助手席に乗り込んだところです。小手川さん、岩手県まで、よろしくお願いします』

『おう。シートベルト、しっかり締めといてや』

いつものパーソナリティらしい丁寧な口調とは異なり、運転席でハンドルを握る小手川の喋りは、男っぽいトラック野郎のそれだ。

『はい。しっかりシートベルトも締めました。さあ、間もなく大阪市内にある運送会社を出発します。それでは、行ってきまーす』

運送会社の社員の皆さんが「ご安全に〜」と、手を振って見送ってくれた。

『うわー。トラックの座席って、普通車より高い位置にあるせいか、いつもタクシーや電車から見ている景色と違って見えます。見慣れた風景も、なんだか新鮮です』

小手川は無言で運転に集中している。陽菜は車窓からの景色をレポートした。

『あ、そろそろ近畿自動車道に入るようです。さすが、ベテランドライバー、小手川さんの運転は全く危なげなく、安心感があります』

陽菜が、そろそろトイレに行きたいな、と思った絶妙なタイミングで『この先のサービスエリアで休憩しよか』と小手川がハンドルを切る。

『わー。近江牛(おうみぎゅう)コロッケですって！　もうそのネーミングだけで涎(よだれ)が出そうです！』

建物の外に出店している屋台の看板に興奮する。

途中からは仕事であることも忘れ、サービスエリアや道の駅で降りる度、ご当地の名産品を買ったり、名物の郷土料理を食べたりした。

食べすぎ飲みすぎで少し気分が悪くなりながらも、陽菜は最後のパーキング休憩中に力を振り絞り、これまでレポートした音声ファイルを会社に送った。

通常、音源の編集作業は陽菜の仕事だ。が、社内に残る二階堂がやけに優しく、「車中での作業は大変だろう」と買って出た。

結果、それまで走ってきた行程を二階堂の指示で技術スタッフが編集し、コンパクトにまとめたものを、生放送が始まる前の十分間で放送することになった。

その後、みちのく食堂でのライブ放送が始まる流れだ。

陽菜は音声ファイルを送信したことで気が緩み、爆睡している間に目的地、みちのく食堂に到着していた。駐車場にトラックをバックで入れる時のピー、ピー、という音でやっと目が覚めた。

「あれ？」

起きた時、トラックに乗っていたことも忘れ、自宅で目覚めたような気分だった。急なハンドリングやブレーキもなく、スムーズな走行だった証拠だろう。

まだ眠い目を擦(こす)りながら見たスマホの時間は、放送開始の十五分前。

「やば」

スタジオなら、もうパーソナリティがスタンバイしている時間だ。

トラックを停めた小手川は車外に出て、屈伸したり手足を伸ばしたりしている。陽菜も彼の隣でラジオ体操もどきをしながら生放送に備えた。

間もなく、番組が始まる。オープニングトークの後、陽菜が送信した往路のレポートが流されるはずだ。

陽菜がスマホに入れている radiko のアイコンをタップした。

『こんばんは～！ 始まりました、金曜夜のビギナーズ・ライブ！ パーソナリティの祐太郎です。今日は小手川さんがスタジオを飛び出し、岩手まで行ってはるんで、僕はひとりでお留守番です。ちょっと心細いねんけど、がんばりまーす。みんな、応援してなー。レッツ・ファイティーン！』

祐太郎の声が流れ出す。心細い、なんて口では言いながら、声はなんだか伸び伸びしている。

『それでは、ラジオドラマ〝みちのく食堂〟の第二夜完結編をお送りします。まずは岩手までの道のりをギュッと凝縮してお送りします。その後、CMをはさみまして、小手川さんが今、スタンバってるみちのく食堂からの生放送に切り替わります。果たして小手川さんはみちのく食堂の店主ご夫妻に、無事、お別れを告げることができるのでしょうか。ドン・ミスイットやで～！』

オープニングトークと音楽の後、陽菜がサービスエリアや道の駅で食べたり飲んだりしているレポートばかりが流れる。

——なんで？　ちゃんと車窓を流れる景色とか小手川さんのプロドライバーぶりとか、しっかりレポートして送ったのに、なんで飲み食いの場面ばっか……。二階堂め！　食い意地のはったレポーターみたいな部分だけ切り取って編集したプロデューサーを恨んだ。

ＣＭが入り、いよいよ生放送のラジオドラマが始まる。

「小手川さん、行きましょうか」

怒りを鎮め、気を引き締めた陽菜が声を掛け、小手川が入口の戸を引いた。

ガラッ。

食堂に入るなり、『ああ。やっちゃん。おがえり』と、調理場から店主らしき老人が小手川に声を掛ける。

食堂内でラジオ中継をさせてもらうことは事前に許可をもらっている。

『ご無沙汰してます』

小手川は言葉少なに頭を下げ、窓際のテーブルに席を取る。そこがいつもの場所なのか、丸椅子に座り、壁のメニューを見上げる所作が手慣れていた。

『何にします？』

注文を取りに来た女将さんはテーブルに設置されたマイクをちらちら見ている。生放送だということを意識しているのだろう。

『じゃあ、俺は煮魚定食』

小手川がすぐに注文し、陽菜も慌てて真っ先に目についた野菜炒め定食を頼んだ。

女将さんは伝票を書き、そそくさとテーブルを離れてしまう。

店主も女将さんも人見知りだと小手川から聞いていた。

店主は奥の調理場で黙々と作業をし、女将さんも水と料理を運んできた後は、ふたりの席に寄り付きもしない。

小手川も彼らに声を掛けることもなく、キンメダイの煮つけを黙々と食べている。

——何か喋らないとリスナーに状況が伝わらないんだけど。

陽菜は何か言わなくては、と焦って、『いやあ、美味しいですねえ。野菜の炒め具合と塩味が絶妙で、お味噌汁もすごく優しいお味。これに小松菜の胡麻和えの小鉢と白菜のお漬物がついて六百八十円ぽっきりなんて、信じられないほどのリーズナブル価格』と、またしても食い意地のはったレポーターぶりを披露してしまった。

小手川はこれまでの感謝をどう切り出すか考えているのだろう。その顔は深刻そうだ。

陽菜ひとりが喋るほかなかった。

『あ、えっと、お店の内装はですね、私の好きな昭和感が満載です。今にも切れそうな薄暗い感じの蛍光灯がいい味出してます。板張りの壁もいい具合に隙間があって、海から吹き付ける風が入ってきます。夏は涼しく、冬は……。屋内に居ながらにして、季節を感じることができるお店です。いや、ほんと、いい感じで寂れています。いや、いい意味で、ですよ』

褒めているつもりが、食堂としてはマイナス面ばかり口走っているような気がした。

『じゃあ、俺、そろそろ挨拶してきます』

小手川がやおら立ち上がる。

『え？　もう？』

陽菜はまだ定食を半分も食べていない。が、小手川は意を決したような顔だ。

――マイペースか！

いや、放送時間はあと七分。ラストスパートには、ちょうどいい時間と言える。

『わかりました。行きましょう』

皿に残った野菜炒めに後ろ髪を引かれながらも、陽菜は立ち上がった。

陽菜は小手川の後からマイクを片手にレジへ向かう。

調理場から出てきた店主らしき男性がレジを打ち、女将さんが小さなプラスチックの容器を持って出てくる。

『やっちゃん、これ、持ってって。同じもんばかりで悪いども、やっちゃんの好きな小芋の煮っころがし』

『女将さん、いつも、おおきに』

頭を下げて代金を払った後、小手川は訥々と話し始めた。

『実は……。俺、もう、この容器を返しに来られへんのです。俺、長距離トラックには乗られへんことになって……』

小手川は老夫婦に、自分が定年になり、長距離の運転手から外されたことを告げる。涙で声を詰まらせながら。

後ろで聞いている陽菜も涙を抑えられなかった。

――この後、老夫婦からも涙ながらの別れを告げられ、聞く人たちを感動の渦に巻き込むこと間違いなし。

そう陽菜が確信した時、女将さんがやけに晴れ晴れとした顔で口を開いた。

『大丈夫。今回の容器は使いなげのヤツにしといだがら』

つまり、使い捨て、という意味らしい。

『は?』

小手川が潤んだ目を上げる。

『いや、なんか、前さ来だお客さんが、やっちゃんはトラック運転手をクビになった、っつってでね』

前にここへ来たという、あのリスナーさんが暴露したのだろう。事前情報があったせいか、女将さんはやけに飄々としている。

『これで、おらだづも、店を閉める決心がづぐわ』

その言い方もこざっぱりしていた。

――嘘……。

思いもよらない展開だった。

小手川も閉店の話は初めて聞いたようだ。

『え？　ここ、閉めてまうんですか？』

寂しそうに尋ねる小手川に、女将さんはニコニコしながら口を開いた。

『このあたりさ他にトラックが停められる食堂がねぁーし、うぢがなぐなったら、やっちゃんが困るど思って開げでらったようなものだがら。これで心置ぎなぐ閉められるわ』

女将さんは清々した、と言わんばかりの口調だが、店主は苦々しい表情をしている。しかし、反論する様子はない。それどころか、更に続く妻の、

『店は赤字だし、体はきづいし』

という発言には、うんうん、と頷いてしまっている始末だ。が、店主はふと小手川と目が合ってしまい、バツが悪そうに、いやいや、と首を振る。

『もういい加減、閉めよう、っつってらったんだども、この人がやっちゃんの口がら運転手を辞めるど聞ぐまでは店を続ける、って、きかねぁーもんだがら。ああ、これで、こごさ売って、娘のいる花巻市内さ引っ越せるわ。どうもね、やっちゃん』

満面の笑みの女将さんにギュッと手を握られ、小手川はおたおたしている。

小手川から、女将さんも寡黙な人だと聞いていたし、事前にアポイントの電話をした時も、どちらかというと口下手なタイプだと思った。

——なのに、こんなにペラペラ喋るなんて……。

店を畳めることがよっぽど嬉しいのだろう。

『それにね。ちょうど、この辺さ新しく県道が通る計画があって、立ぢ退ぎの話も出できでらのよ』

女将さんによれば、立ち退きの話が出て以来、いつ店をやめるか、で夫婦喧嘩が絶えなかったのだという。

さすがに店主が『つまらんごど言うな』と妻をたしなめた。

『は？　おめだって、店やめだら豪華客船で一カ月ぐらい旅がしてー、なんて言ってらったでねぁーの』

『………』

思わぬ暴露で、面目を失った店主が黙り込み、レジ周辺に微妙な空気が流れる。

——な、泣けないじゃん……！
こうして全米が号泣するはずだった感動作は、世知辛い話になって幕を閉じた。

恋をしたから

意外にも、前回のラジオドラマはリアルだった、笑えた、と好評だった。

しかし、オーディション放送後の大反響とまではいかず、二階堂は、

「次の企画こそ当ててみせる。視聴率請負人の名に賭けて！」

と、宣言し、会議室で次の企画を練り始めた。

陽菜も、次回こそは自分の企画を、と張り切ってノートを開く。

そこに顔を曇らせた蛍原が入ってきた。

「ハンプティダンプティさんからまた葉書が届いてるんですが……。どうも内容が深刻になってきてて」

小手川のラジオドラマを放送したために尺がなくなり、通常のお便りと相談・質問コーナーは二回スキップとなった。その間に彼女の心境に何か変化があったのだろうか、と陽菜は胸騒ぎを覚える。

「それで、彼女、何て書いてきてるの？」

「最近は年上の彼への気持ちが抑えきれなくて、彼の職場周辺をうろついてしまった、とか、自分のケータイ番号が表示されないよう、公衆電話から電話をして彼が名乗る声

だけ聞いて電話を切ってしまう、とか。不穏な行動をとってるようです」

「嘘でしょ……」

彼女が心を病み始めているような気がして、思わず、蛍原の手から葉書を奪い、続きを読んだ。

そこには、最近は夜も眠れず、睡眠不足のせいで集中力がなくなり、せっかく始めたバイトもうまくいかなくなって辞めてしまった、と書いてある。

「かなり思いつめてる。大丈夫かな……」

連絡をとって、話を聞いてあげたい。が、彼女の葉書には連絡先の記載がない。

「メールで送ってくれれば、返信もできるのに。二階堂さん、どう思われます？」

意見を聞こうとして二階堂を見ると、企画が出てこないのか、頭を抱え、髪の毛を掻きむしっていた。

――ダメだ。全く聞いてないし。

そして、その週の放送当日にもハンプティダンプティからの葉書が届いた。そこには、

『スタジオに行きたいです。生放送で、彼にこの気持ちを伝えたいんです』

と書いてあり、今回の葉書には住所も書き添えられていた。

スタジオでハンプティダンプティの手紙を読んだ祐太郎が、マイクに向かって叫んだ。

『ハンプティダンプティさん！　ぜひ、来てください！　スタジオに！』

この流れに反応し、リスナーからは大量のメッセージが届き始めた。

『ハンプティダンプティさんの恋の行方が気になる件　#ビギラブ』

『年上彼氏の存命中に、ハンプティさんの気持ちが伝わりますように　#ビギラブ』

『公開告白なんて、勇気ありますね。自分のことのようにドキドキします。どんな結果になるのか、ソワソワしながら次の放送を待ってます　#ビギラブ』

大半は応援メッセージだった。

この頃から投稿に付けられるハッシュタグが『#ビギナーズ・ライブ』から『#ビギラブ』と省略されるようになった。

——いや、番組のタイトルは生放送の『ライブ』であって、恋愛相談の『ラブ』じゃないからね。

だが、二階堂は「面白くなってきたじゃないか」とラジオドラマの企画を書く手を止め、したり顔。

「よし。本人の希望通り、ハンプティダンプティをスタジオに呼んで、公開告白をさせよう」

二階堂は前のめりになるが、葉書には辛うじて住所が書いてあるだけで、電話番号もアドレスもない。

「わかりました。一度、打ち合わせに来てくれるよう、速達を送ってみます」

会社のロゴの入った便箋に『来週の金曜日、あなたが希望しているライブ告白のために、時間を取らせていただきたいと思います。その前に打ち合わせをしたいので、至急ご連絡ください』

そう書いて投函(とうかん)した。

しかし、待てど暮らせど、返事は来なかった。

葉書に彼女の本名が書かれていなかったため、宛名は『ハンプティダンプティ様』と書かざるを得ず、そのせいで届かなかったのかも知れない。

かといって、宛先不明で返ってきてもいないので、やっぱり怖気(おじけ)づいて連絡するのをやめた可能性もある。

「仕方ない。住所の場所に行ってみるか」

放送日の前日、陽菜は東京まで行き、住所にあったマンションを探した。

「一丁目三番地四号……。この辺のはずなんだけどな。プリンセスマンション……」

なかなか見つからなかった。

「え？　ここ？」

それもそのはず、探し当ててみると、マンションとは名ばかりで、どちらかと言えばアパートかハイツ、それも築五十年以上と推定された。

こんな所に若い女性が住んでいるとは思えなかった。

が、葉書の住所によれば、ハンプティダンプティの部屋は二階の二〇三号室だ。

女性のひとり暮らしなのか、そこには表札もなく、呼び鈴を押しても返事がない。

——どうしよ。

リスナーは彼女のスタジオ降臨を待っている。公開告白がなければ、きっとがっかりするだろう。かと言って、本人の意思が最優先だ。

陽菜はその場でメモを書いた。

『ハンプティダンプティ様　よろしければ明日、ラジオ局でお待ちしています。公開告白するかどうかはお任せしますが、当然、彼が放送を聞いているとは限らないことも、御承知おきください。それでも告白されるつもりがおありなら、事前打ち合わせもありますので、放送一時間前には一階にある受付に来てください。下までお迎えに行きます。交通費は御到着の際に往復分をお渡ししますので、よろしくお願いします』

そのメモを部屋のポストに投函して大阪に戻った。

ハンプティダンプティが現れない場合も想定し、二本立てで準備を進めた。

彼女の告白コーナーがない場合、ふつおたコーナーと相談・質問コーナーだけになり、異次元のテコ入れ前の状態に戻ってしまうのだが、急なことで他に企画がない……。

こうして迎えたビギナーズ・ライブ放送日。

放送の一時間前になっても、ハンプティダンプティは現れず、やはり通常放送をやるしかないか、という諦めムードが漂い始める。

放送十五分前になっても、彼女は局に現れず、パーソナリティのふたりだけがブースに入ってスタンバイを始める。

早々にゲストは来ないと踏んだのか、二階堂は「ちょっとトイレ行ってくるわ」と、サブルームを出て行ってしまった。

パーソナリティのふたりを筆頭に、スタッフ全員のテンションが下がっているのを感じる。

陽菜は必死で気持ちを上げ、トークバックでブースに連絡した。

「放送五分前です。原稿の方でいきますので、準備、よろしくお願いします」

原稿を手に取るふたりの顔にも失望感が滲み、敗戦ムードが漂ってくる。

ところが、番組の始まる二分前になって、

「ゲストの方、お見えになりました！」

と職員がひとりの女性をサブルームに案内してきた。

陽菜は職員の後ろに隠れるようにして入ってきた女性の人形のように整った顔を見て、

愕然とした。

「え？　有栖茉莉花さん……よね？　あなたが、ハンプティダンプティさんだったの？」

ハンプティダンプティの正体は、パーソナリティのオーディションを受けたアイドル系女子だった。

「そっか……。ハンプティダンプティは鏡の国のアリスに登場するキャラクターだ……。有栖だからアリス……。いや、オチが遠すぎて、全く繋がらんわ！」

サブルームの方を見た祐太郎の口は半開きになっていた。

――そう言えば、すっかり忘れていたが、彼女は祐太郎の想い人だったっけ。

ジングルが流れた後、スタジオに『ＯＮ　ＡＩＲ』のランプが点く。

小手川はオーディションの時に彼女と接点がなかったのか、いつものように落ち着いた声で番組を進行する。

『お待たせしました。金曜夜のビギナーズ・ライブ！　今日も元気にスタートです！』

明るいオープニング曲が流れる中、陽菜はトークバックで「ハンプティダンプティさん、入られます」とふたりに告げた。

陽菜はスタジオ内のドアをそっと開け、茉莉花をブースに案内した。そして、祐太郎の隣に用意していた椅子を無言ですすめ、そのままブースを出てサブルームに戻る。

　ガラス越しに見た祐太郎は落ち着きなくペットボトルの水を飲んだり、必要のなくなったお便りをパラパラめくったり、と挙動不審に陥っている。

　そんな中、小手川がうまく進行してくれた。

『今日は皆さんお待ちかね、年上の彼が大好きなハンプティダンプティさんにお越しいただきました。はい、拍手〜』

　小手川が笑顔で手を叩く。祐太郎の方はそわそわするばかり。

が、やがて小手川も祐太郎に何らかの異変が起きていることを察したのか、そのままひとりで進行を続けた。

『ハンプティダンプティさん、今日はお越しいただき、ありがとうございます。ですが、途中で躊躇(ためら)いが生まれたり、気が変わられることもあると思います。嫌になったら、このままお帰りになっても結構です』

　小手川が彼女に途中退室の権利があることを伝えた後で、改めて確認した。

『では、お聞きします。ハンプティダンプティさん、本当にこの場で、意中の年上男性に気持ちを伝えますか？』

　小手川が真剣な顔で彼女の覚悟を問う。

　すると茉莉花は『はい。そのために、ここに来ましたから』と深く頷いた。それを見た小手川の表情も引き締まる。

が、祐太郎は憧れの人の方を見ることもできない様子で、ずっと目を伏せていた。

陽菜が念のため用意しておいた注意事項を小手川が伝える。

『では、告白のルールについてご説明します。ここからハンプティダンプティさんのスマホで彼に御電話して想いを伝えていただきます。が、御相手のプライバシーを守るため、彼の声を拾わないようスマホのスピーカー機能はオフのままでお願いします。もし、御相手の許可がとれましたら、その時点でマイクをオンにしてください。でも、名前を呼ぶのはＮＧです』

つまり、最初は茉莉花の声しか聞こえないということになる。電話口の彼が声出しをＯＫするとしたら、脈あり、だろう。番組的にも盛り上がるはずだ。

『わかりました』

茉莉花が決心したように自分のスマホを出し、美しい指先で画面をタップした。

ブースのマイクが、微かなコール音を拾っている。相手の声まで聞こえてしまうのではないか、とドキドキしていた時、サブルームに置いてある二階堂のスマホが震えていることに気づいた。

——うん？

何気なく覗き込むと、着信画面には『有栖茉莉花』と表示されている。

——これってつまり……。

「年上の彼って、お前やったんかーい！」

陽菜は思わず叫んでいた。

そこへ二階堂が、呑気にハンカチで手を拭きながら、鼻歌混じりにサブルームへ戻ってくる。

——この男のプライバシーなど、配慮する必要なし！

即決した陽菜はブースの祐太郎にトークバックで指示した。

「茉莉花ちゃんのスマホのスピーカーをオンにして」

祐太郎は「え？　いいんですか？」と口パクで陽菜に確認する。「いいから！」と、伝えると、祐太郎は躊躇する様子を見せながらも、テーブル上のスマホに手を伸ばした。

ついさっきまで微かにしか聞こえなかったコール音が鮮明になった。

陽菜は振動している二階堂のスマホを掴み、通話ボタンを押してから二階堂に押し付けた。

「二階堂さん、お電話です」

「え？　何だ？　勝手に通話にすんなよ。一体、誰からの電話だよ？」

二階堂は横柄に言ってから「はい」と返事をして、チラとブースの方を見た。

そして、そこに茉莉花がいることに気づいて、狼狽する様子を見せた。

ようやく何が起こっているのか、理解できたようだ。にもかかわらず、「え？　マジであの子がハンプティダンプティ？　てことは、俺が年上彼氏？　マジで？」と陽菜に声を押し殺して尋ねながら、茉莉花と自分を交互に指さす。全く自覚がなかったらしい。

——早く出ろ！

陽菜の放つ無言の圧に怯えるかのように、スマホを耳に当てる二階堂。

しかし、彼は突然、ブースから見えないようデスクの陰にしゃがみこんだ。

『は、はい……』

それは虫が鳴くような声だった。

『二階堂さん!?』

感極まった様子で実名を叫ぶ茉莉花。NG行為だ。本来なら放送中止になるところだが、若い娘の気持ちをもてあそぶバツ3男に守ってやるようなプライバシーなし。陽菜はルール違反をスルーし、独断で技術スタッフに「ピー音入れなくていいですから」と指示した。

『は、はい。二階堂でございます。えっと……』

二階堂はついにデスクの下に潜り込んで、更に声を潜めている。

『会いたいの！　好きなんです！』

『あ、いや……。俺には妻子が……』

『別居中なんですよね？』

『え？　俺、そんなことまで言ったっけ？　あ、うん。いや、それはそうだが……。俺は君を娘のようにしか思えない』

『じゃあ、なんで親切にしてくれたんですか？　テレビ局のお仕事を紹介してくれたり、相談に乗ってくれたり』

　ああ、あのルックスしかいらないというアシスタントの仕事か、と陽菜は面接の時の会話を思い出す。

『そ、それは単なる親切であって、決して下心があったわけじゃない』

『でも、私のいいところをいっぱい教えてくれたじゃないですか！　あんなに褒めてくれた人、初めてだったんです』

『いや、それは君があまりにも自分を卑下するからかわいそうになって……』

『私たち、付き合えばきっとうまくいく。幸せになれると思うんです』

　茉莉花はスマホに向かって訴え続ける。本人が隣のサブルームにいるとも知らずに。

『それは若気の至りってヤツだよ』

『私は本気です！』

『いや、そう言われても』

　机の下で身を縮め、声を押し殺している二階堂を、陽菜は軽蔑の目で見下ろす。

『俺はこれまでも数多の女性と浮名を流してきた。女性には親切に優しくするのが俺のポリシーだし、来る者は拒まないのは持って生まれたダンディズムだ。だが、七年前に娘を授かってからは、未成年に手が出せなく……いや、恋愛感情を抱けない体質になってしまったんだ』

――いやいや、条例違反だからね、未成年は。

『君の気持ちに答えられなくて申し訳ない。だが、最後にひとつだけ言わせてくれ』

陽菜は二階堂が『もっと自分を大切にしろ』とか『君に相応しい相手を探せ』とか、大人の男性らしく彼女を諭すようないい言葉をかけるものだと思っていた。ところが、二階堂はデスクの下に隠れたまま、スマホに向かって怒鳴った。

『俺はまだ四十二だ！　五十代後半ではない！　君の目は節穴か！』

そう言えば、前に送ってきた葉書に『相手は五十代後半ぐらいだと思う』と書いていたっけ……。

――でも、そこ？　この状況で主張するところが？

ブースにいる茉莉花が、ドン！　テーブルを叩いた。

『そんなこと、どうでもいい！　二階堂さんが何歳でも関係ない！』

――その通り！

陽菜はサブルームで腕組みをしたまま、うんうん、と頷く。

『だから、俺じゃなくて、君は君に相応しい男と……』

やっとまともなことを言い始めたか、と陽菜が安堵した時、茉莉花が『わっ！』と声を上げてデスクに伏せ、泣き始める。

『わかってる！　私なんて、若くて可愛いだけが取り柄で、他には何の魅力もないってこと！』

茉莉花がブースのデスクに突っ伏したまま、自慢なのか卑下なのかよくわからないことを口走りながらむせび泣く。

小手川も祐太郎もどうしていいかわからない様子で、ひたすらオロオロするばかりだ。

陽菜は小手川に「何でもいいから、リクエスト曲かけて」とトークバックでメッセージを送る。

『で、で、では、ここでブレイクタイム。ラジオネーム〝インカのめざめ〟さんのリクエストでロス・インディオス&シルヴィアさんの〝別れても好きな人〟。いや、びっくりするぐらいタイムリーなリクエストですね』

小手川の曲紹介を聞いた茉莉花が、『私、まだ別れてないから！』と叫ぶ。それに対し、二階堂が、

『いや、別れるも何も。俺たちまだ、付き合ってもないからね』

冷静に訂正する。

茉莉花が再び、わっ、と泣き伏すのと同時にムード歌謡のイントロが流れた。

哀愁を含んだメロディーがスタジオの空気を更に重くしている。

小手川が戸惑うような顔でカフをオフにし、ふう、と溜息を吐いた。


リクエスト曲が終わっても、電話は繋がったままで、茉莉花は泣き続けている。

『わかってる……。私なんて……私なんて……生きてる値打ちもないってこと……』

仕事もうまくいかなくなった彼女は、人生に絶望しているようだ。

そんな彼女の言葉を遮ったのは祐太郎だった。

『はあ？　何、言うてるねん。君がそないなこと言うたら、僕なんかどないなんねん』

ずっと黙っていた祐太郎が口を開き、ポケットからハンカチを出して茉莉花の前に置いた。

『このハンカチ……』

茉莉花が驚いたような顔をした。なぜ自分のハンカチがここにあるのだろう、というような表情だ。

『オーディションの時、遅れそうになって走ってきて、汗かいてた僕にこのハンカチ、渡してくれたん、覚えてる？』

『あ、ああ……。あの時の……』

ようやく思い出したように茉莉花が呟く。今の今まで、隣に座っている祐太郎の存在に気づいていなかったようだ。

祐太郎は苦笑した。そんなことは端からわかっていたかのような諦め顔で。

『あれから、このハンカチは僕の宝物になって、君は僕のアイドルになってん』

茉莉花が涙で濡れた瞳を上げ、祐太郎を見つめる。

『ええやん。可愛いってだけでも、十分やん。僕かって、ふたりの兄貴と比べて、自分に生きてる値打ちなんてあるんかなあ、ってふんわり思うこともあるけど、今はハンカチを貸してくれた時の君の笑顔を思い出すだけで、明日もがんばろ、って何となく前向きになれるねん』

——えっと……。やっぱり、これって告白だよね？

その時、二階堂が水を得た魚のように、

『そ、そうか！　ちょうどいいじゃないか。同じ年代の祐太郎と付き合えば何も問題ない。ちょうどいいじゃないか』

と、言い募る。ちょうどいいじゃないか、と二回も言うなんて、渡りに舟の押しつけ感が半端ない。

ところが……。

茉莉花が泣き笑いしながら、片手をヒラヒラさせる。

『無理無理無理。ないないないないないない』

公開失恋の瞬間だった。しかも文字通りの秒殺。

告白に告白が重なり、しかも、どちらも撃沈。もはや、収拾がつかない。

ようやく茉莉花が、傷ついた様子の祐太郎に気づいたように、ハッとした表情になる。

『ご、ごめん……』

『いや。気にせんといて。こうなるんは、わかってたから』

『ほんとに嬉しいんだけど……私は……。本当にごめんなさい！』

茉莉花が居たたまれない様子で立ち上がった。このままスタジオを飛び出してしまいそうな勢いだ。

『待って！　わかってるから！　僕みたいに頼りないヤツのこと、好きになってくれ、なんて口が裂けても言われへん、ってこと。せやけど、これまでみたいに番組にお便りを送って欲しいねん。このまま連絡がとられへんようになったら、僕は心配で夜も眠れなくなるやん？　近況でも、二階堂さんへの想いでも恨みでも、何でもええから送ってきて、僕を安心させて欲しいねん。それだけでええから』

しばらく黙っていた茉莉花は小さな声で『うん……』と頷き、静かにブースを後にした。

茉莉花が足早にサブルームを通り抜けるまで、二階堂はずっとデスクの下で体を丸め、隠れていた。
――二階堂、クズすぎる……。

第4章　おっさんず黄昏（たそがれ）

瓢簞から謝罪行脚

『ハンプティダンプティさん、もうクズな年上彼氏のことは忘れて、新しい恋を始めなよ　#ビギラブ』

『二階堂、最悪。てか、二階堂って誰？　#ビギラブ』

『なんで、祐太郎ではアカンの？　ええ子やん、ちょっとアホやけど　#ビギラブ』

『祐太郎の告白にキュンときた。きっと、ハンプティさんの勇気に触発されたんだな。若いっていいな　#ビギラブ』

リスナーからの投稿には祐太郎の気持ちを気遣うもの、二階堂の発言をディスるもの、茉莉花のことを非難するものもあれば、応援する声もあった。

「ビギナーズ・ライブの radiko 再生数が急上昇しました」

制作スタッフ三人による打ち合わせの席で陽菜が報告すると、二階堂が、

「俺がプライバシーを売ったんだ。当たり前だろ」

と踏ん反り返る。

二階堂専属の褒め人、ＡＤの蛍原は頷きながら、ひとり喝采を送っていた。

「よし。これからまだまだリスナーを増やしていくぞ！」

二階堂が檄（げき）を飛ばす。

先日の放送以降、この上司を軽蔑の目で見ることしかできなくなっている陽菜だった。

それでも、番組のために、必死で嫌悪感を抑えつけていた。


だが、その日の午後、番組は最大のピンチを迎えた。

「先ほど、祐太郎君からメールが来ました。『しばらく放送を休ませて欲しい』と言ってますが」

「は？　あれしきのことで？」

制作部でスマホをいじっていた二階堂は陽菜の報告を聞いて、信じられない、と言わんばかりに目を丸くしている。

「あれしき、って……。茉莉花さんを元気づけようとして予定にない公開告白をして、挙句、秒殺だったんですよ？」

「長い人生、そういうこともあるだろ」

「はぁ？　自分はデスクの下に隠れてたくせに？」

面と向かって気持ちを打ち明けた祐太郎の方が何万倍も潔い。

「いや、あれはだな。何か落としたかなー、と思ってしゃがみこんだら、そのままデスクの下に引きずり込まれたんだよ、悪霊か何かに」

「そんなバカみたいな作り話、今時、小学生でも信用しませんよ」

二階堂のくだらない言い訳を一蹴した陽菜は、更に状況を説明した。

「祐太郎君からメールをもらってすぐ、彼の携帯に電話をしたんですが、何度かけても本人にはつながりませんでした」

そして、鈴賀家の固定電話にかけると、祐太郎の母、北摂のママン・レーヌが出た。

「やっぱり、久能木さんのような大人の女性とお付き合いするなんて、祐太郎には無理やったんやと思います。せやけど、あない傷つくような別れ方をしなくても……」

「ご、誤解です！　祐太郎君を振ったのは、私じゃありません！」

「でも、あの子の周辺には、他に女性の影はないんです」

「いや、ほんとに私と祐太郎君はただの同僚です」

しばらくの間、会話は平行線を辿った。長い説明の末、やっとママンは、陽菜と祐太郎は交際していない、ということをわかってくれたのだが……。

「わかりました。けど、ラジオ局で何かあったのは間違いないので、無理に行かせたくありません。今はそっとしといてやってもらえませんか？」

陽菜もそれ以上、何も言うことができず、結局、祐太郎がいつパーソナリティに復帰できるかは不明だった。

「小手川さんだけでも、相談・質問コーナーやふつおたコーナーは回せると思うんですけど、それだと、リスナーさん頼みになってしまいます」

二階堂は腕組みをして、うーん、と唸る。

「このままじゃ、以前の放送内容に戻ってしまうな。しかも、パーソナリティがふたりからひとりに減るとなると、リスナーが半減することは目に見えてる」

会議室の空気が重く沈んだ。お通夜のようなムードの中、陽菜は「実は……」と重い口を開いた。

「おふたりにはまだ言っていませんでしたが、次の番組改編は九月です。次の聴取率の調査で、それなりのパーセンテージをとらないと、編成会議でビギナーズ・ライブの打ち切りが決まる可能性があります」

「次の調査って？」

「うちの次の調査は八月中旬……かな？　でも、今は聴取率よりＳＮＳで話題になるかどうかの方が重要な要素だったりするので……」

陽菜はビギナーズ・ライブの話題性に希望を感じていたのだが、テレビ局出身の二階堂は視聴率と聴取率を同列に見て重視しているようだ。

「もう七月だぞ？　あと一カ月でどうすんだ？」

と、頭を抱えている。

「それを考えるのがプロデューサーの仕事なのでは？」

「…………」

陽菜に言い込められた二階堂は、短い沈黙の後、よし、とテーブルに手を置いて立ち上がった。

「やっぱり、リスナー獲得に必要なのは、リアルなラジオドラマだな」

またもや、ホワイトボードに黒いミミズが豪快に這う。

「いっそ、祐太郎の家に乗り込んで、失恋した心境を根掘り葉掘り聞いてだな」

二階堂はこの期に及んでまだ、祐太郎の心の傷をえぐろうとする。陽菜は、はあ、と深い溜息を吐いた。この男の手段を選ばない聴取率至上主義にはうんざりだ、と。

――この人には、触れられたくない心の傷を晒(さら)される人の気持ちがわからないんだろうか。

陽菜は両手でバン！　とテーブルを叩いて立ち上がり、憤然と言い放った。

「これまでの放送についてですが、個人的には、パーソナリティやリスナーの私生活を切り売りするようなやり方には賛同できません」

「じゃあ、どうすんだよ」

二階堂が子供のように不機嫌顔になって代替案を求める。

「プライベートの切り売りには賛同できませんが、ラジオドラマの臨場感や公開告白の緊迫感のおかげで、人気が出てきているのは事実です」

「そう。人は誰しも、心の奥底に、いやらしい覗き見趣味を持ってるんだよ」

「ええ。仰るとおり。ここまで来たら、背に腹は替えられません。聞く者のいやらしいゴシップ根性を鷲掴みにするような番組を作らなければなりません」

ほほう、と二階堂は感心したような息を漏らした。

「お前にもやっと、メディア業界というものがわかってきたようだな」

ふふん、と笑う二階堂はご満悦だ。

「お褒めいただき、ありがとうございます。そこで、私なりにラジオドラマの第二弾を考えてみました」

二階堂が「え？」と陽菜を見る。それはライバルを見るような目だった。

「ラジオドラマの企画を考えた？　お前ごときが？」

「はい。かなり面白い企画です」

「けっ！　かなり面白いだと？　その根拠のない自信がどこからくるのかは知らんが、どんな企画なのか言ってみろよ」

二階堂は聞く前から小馬鹿にしたような顔をして鼻先で笑う。

「実は私の知り合いに、バツ3の男性がおりまして」

「ははは。バツ3？　そんなヤツいるのかよ……って、俺やんけ！」

ハッと気づいたような顔を作った二階堂が、なぜか関西弁で言い返す。

——見事なノリツッコミだ。

陽菜は感心しながらプレゼンを続けた。

「はい。バツ3の二階堂さんが、別れた元嫁たちを訪ねる謝罪行脚に私が同行する、というのはどうでしょう？　オールロケ、全三話です」

「お、お前……」

しばらく絶句した後、二階堂が引き攣ったような笑みを浮かべた。

「いやいや、俺のプライベートなんて、ぜんぜん面白くないだろう、平凡すぎて……」

「いやいや、私の周りにバツ4の人はいません。それだけでも、十分、好奇心をそそられると思います」

「まだバツ3な！　なに、どさくさ紛れにバツの数、勝手に増やしてんだよ」

「3でも4でも大差ありません。それにバツ4はもう目の前です。とにかく、ハンプティダンプティさんの純愛を拒絶した年上彼氏が実はバツ4で、その渦中の人物が、別れた元嫁たちを訪ね、謝罪する。その様子を公開すれば、これはかなりウケると思います」

ここまで言えば、人のプライバシーを侵害するような路線はやめるだろう、と陽菜は踏んでいた。

ところが……。

二階堂は腕組みをして「うーん……」と唸った後、「くそっ！　面白いじゃねえか！」と少し悔しげな表情をして叫んだ。

「はい？」

陽菜は目を瞬(しばたた)かせながら、二階堂を見る。

「言われてみれば、俺のような人生は非凡かも知れんな」

考え込むような顔をしているが、どこか自慢げだ。

――この人の精神構造が全く理解できない。

ぽかんとする陽菜を後目に、二階堂が意を決したように頷いた。

「よし、わかった！　謝罪するかどうかは別として、次はそれでいこう。冷静に考えたら、かなり面白い企画だ。なにせ俺が主役だからな。面白くないわけがない」

まさかこの企画が採用されるとは思っていなかった。陽菜は逆に慌てた。

「え？　あなたには羞恥心というものはないんですか？」

「何、言ってんだ。お前が言い出した企画だろ」

「それはそうですが……」

――この人、元嫁たちにけちょんけちょんに言われなければ、自分がどれほどのクズか、わからないんだろうか。

陽菜も肚(はら)をくくった。傷心の祐太郎をいじられるよりは百倍マシだ、と。

「いいでしょう。では、次はこれで行きましょう。radikoの再生数ランキング上位、間違いなし。リスナー、爆増だと思います」

こうして、二階堂を戒めるために即興で考えたリアルドラマの企画が通ってしまった。

第一夜「幼な妻（だった）浩子」

三週連続で新ラジオドラマ『年上彼氏のお詫び行脚』を放送することになった。

オープニングは生放送で小手川が喋り、メインはリアルドラマとして、二階堂と元嫁のクロストークを収録したものを流す。そして、面白い感想や意見が届けば、再び小手川がエンディングで紹介することに決まった。

「祐太郎もいないし、正直、企画モノになってホッとしてます」

小手川も複雑な胸の内をのぞかせた。

今後の流れとしては、来週から放送四日前の月曜日に陽菜と二階堂のふたりで上京し、元嫁を訪ねることになった。


一番目の妻のアポは二階堂自身が取った。その際、取材の主旨をおおまかに説明したという。

内容としては、彼女が指定する場所に出向き、そこでふたりの会話を収録する。音声の全てを聞いてもらって、NG部分があればそこをカットして放送する、というものだ。

「二階堂さんの元奥さんたち、こんなプライベートの切り売り番組に協力してくれますかね？」

陽菜は懐疑的だった。が、二階堂は、安請け合いする。

「大丈夫、大丈夫。みんな協力してくれるって」

その軽さが信用できない。

――絶対、恨まれてると思うんだけど……。

先日のハンプティダンプティ茉莉花への仕打ちを見ても、別れた元嫁から良く思われているとは到底思えなかった。


そして、初回分の収録日。

その日は午後から大阪を出発し、夕方、二階堂のひとり目の元嫁と表参道にある中華レストランの個室で対面した。

今回は内容がセンシティブであるため、なるべく相手を緊張させずに自然体で話をさせたい、といって二階堂自身がピンマイクを調達してきた。テレビの情報番組やバラエティー番組で出演者が襟などに着けているアレだ。

陽菜が録音機材を持参し、二階堂と元嫁にはピンマイクを付けてもらって録音する手筈だ。

「すみません。道に迷ってしまって」

その女性は、約束の時間に十分ほど遅れて現れた。店員に案内され、頭を下げながら個室に入ってくる。

セミロングの黒髪。シンプルなベージュのブラウスに黒いカーディガン、下は花柄のフレアスカート。陽菜の目にはごく普通の主婦に見えた。

仕事帰りだと聞いていたが、それにしては手に提げているバッグが少し大きいような気がした。一泊旅行にでも行けるぐらいの大きさだ。

事前に二階堂から聞き取った情報によると、彼女も二階堂と同じ四十二歳。大学時代に知り合い、お互いが二十歳の時に学生結婚したという。

二階堂との離婚から四年後に再婚し、その夫との間に高校生の息子がいる。今は一日六時間ほどパン屋でパート店員として働いているらしい。

二階堂は入ってきた元嫁に苦笑しながら、

「浩子。すまんな。こんなつまらないことで会ってもらって」

と、立ち上がり、彼女のために椅子を引いてやる。

「ううん。どんな用事でも、会えて嬉しいわ」

浩子と呼ばれた元嫁が笑顔で返す。それは陽菜にとっては意外な反応だった。浩子のはにかむような笑顔からは、恨みも憎しみも感じられない。

「こちらの方は？」

浩子の視線が陽菜を気にしている。

「ああ。俺の部下だ。気にしないでいいから、空気だと思ってくれ」

——誰が空気だ！

心の中で言い返しながらも、「部下の久能木です、今日はよろしくお願いします」と無理やり作った笑顔を浩子に向けた。


浩子と二階堂にピンマイクを付けてもらったが、しばらくはふたりとも無言で食事をしていた。

大皿で次々運ばれてくる料理を、ごく自然な手つきで二階堂が三人分にとりわける。

——この人、こんなにジェントルマンな面があるのか。

その手際の良さに思わず見惚れる。

——いやいや、騙（だま）されてはいけない。

あわよくば、元嫁とよりを戻そうと思って、優しくしてるだけかも知れない。なにせW不倫で離婚の危機にある男だ。

浩子は勢いをつけるかのように、食事の合間にビールや紹興酒（しょうこうしゅ）を注文した。

デザートの杏仁豆腐（あんにんどうふ）と胡麻団子がサーブされる頃には、彼女の頬はピンク色に上気し、すっかり出来上がっている様子だ。

『有起哉、覚えてる？　ふたりで住んだ北千住のアパート。この前、たまたまあのあたりへ行く用事があってね。懐かしかったわ』

だんだん、浩子の口数が増え、大学時代の同棲生活について語り始める。

同じ経済学部の学生だったふたりは、大学入学当初から付き合い始め、在学中に結婚した。それを機に、浩子は大学をやめ、専業主婦になった。

一方の二階堂は学生時代からテレビ局で放送作家のアルバイトをしており、多忙だった。報酬は普通のアルバイトよりは多く、経済的には普通の大学生より余裕のある生活。だが、ひとりで過ごす時間の長かった浩子の中に、段々と不満が溜まっていったという。

『私ね、今なら、有起哉のこと、信じてずっと待ち続けることができると思うの。でも、あの頃は無理だった』

きっと未熟だったのね、などと口走りながら、うっとり陶酔するような目で二階堂を見つめる浩子。

『あの頃のことは申し訳ないと思ってるよ。大学までやめて家事に専念してくれた君を顧みる余裕がなかった』

浩子が、ううん、と首を振る。

『有起哉、私に教えてくれたよね。大きいバッグは不安の表れだって』

彼女は寂しそうな顔をして言った。

は？　大きいバッグ？　不安の表れ？

陽菜にはその言葉の真意がわからない。

『私、有起哉と出かける時は手ぶらでも全然平気だった。でも、あなたと別れてから、誰と付き合っても、大きなバッグを持ってないと不安なの。あれもこれも持って行かなきゃ、って。あなたは私に必要なもの、何でも用意してくれてたし、それでも足りないものはすぐに買ってくれたよね』

なるほど、そういう意味か、と陽菜はテーブルクロスの下で膝を叩く。

——名言みたいに聞こえるけど、わかりにくいわ！

『でも、有起哉の優しさに甘えて、自分から別れを切り出した私には、もう小さなバッグを持つ資格なんてないの』

意外にも、彼女の方から二階堂を振ったようだ。

しかし、今になって彼女は未練たっぷりだった。

『有起哉……。また、会ってくれる？』

口直しのジャスミン茶を飲んだ後、浩子がトロンとした瞳で二階堂を見る。

『時は戻せない。今は君の帰るべき場所で幸せになって欲しい』

二階堂はもっともらしいセリフで、やんわりと断った。

もう一軒行きたい、と言う元嫁をなだめて、何とかタクシーに押し込んだ。

二階堂がドライバーに一万円札を渡し、行き先を告げて送り出す。

バックシートに座った元嫁は身をよじり、リアウインドウに貼り付くようにして二階堂を見ている。よっぽど離れがたいようだ。

――あの人も、二階堂さんとの結婚当時は、二十歳の幼な妻だったんだなぁ……。

未熟さゆえに選んでしまった別離だったのだろうか。それでも、二階堂が言うように時間は戻せない。

わけもなく切ない気持ちで、リアウインドウ越しに浩子の泣き顔を見ていた。


そして、迎えた金曜日。

第一夜の放送前は、ハンプティダンプティ茉莉花の気持ちを踏みにじった二階堂への批判が殺到していた。

『元嫁に謝罪する前にハンプティダンプティさんに詫びろ！　#ビギラブ』

『二階堂って、元嫁たちにも謝ってすまないぐらいのことしてそう。ボロカス言われればいいのに。超楽しみ。悪い意味で　#ビギラブ』

実はもっと過激な殺害予告まがいの投稿まであったのだが……。

東京で収録してきた二階堂と浩子のリアルドラマが放送された後、わずかながら空気が変わった。

　二階堂個人を攻撃する投稿は減り、若さゆえにうまくいかなかった一組の夫婦に対する同情や共感が増えた。

『失って初めてわかる大切な人って、いると思う　#ビギラブ』

『奥さん、寂しさに負けたんだね。生活のために必死で働いてた旦那さんも、どっちも可哀想(かわいそう)　#ビギラブ』

　人間らしい側面が見えると、人の見る目も変わるのだろうか。ハンプティダンプティが慕う年上の彼と、バツ3男の二階堂は別人であるかのような反応が不思議だった。

第二夜「起業家エミさん」

そして、翌週の月曜日。

二階堂の二番目の妻との待ち合わせ場所は、大手町にあるホテル最上階の会員制バーだった。

「有起ちゃん、こっちよ」

奥のボックス席から、上品に微笑みながら片手を上げた女性は、洗練された雰囲気をまとう美人だった。顎のラインで切り揃えた前下がりのボブが良く似合う、シャープな顔立ちだ。

事前に二階堂から得た情報によると、二階堂が二十六歳の時に再婚した十歳年上の姉さん女房だったという。結婚当時は大手広告代理店で働くバリキャリで、後に独立し、テレビ制作会社の社長になったらしい。そこから派生した会社をいくつも経営しているという。二階堂より十歳年上だから、現在、五十二歳ぐらいのはずだが、二階堂と同い年と言っても違和感がないほど若々しい。

「ああ。エミさん、遅くなってごめん」

二階堂は最初の奥さんのことを〝浩子〟と呼んでいて、ふたりは対等な関係に見えた。

だが、二番目の妻のことは〝エミさん〟と、さん付けで呼び、一目置いているように見える。

それに、浩子とは久しぶりの対面だと言っていたが、エミさんとは離婚後も友達関係を継続しており、頻繁に会っているという。

エミさんは深紅のワインを飲み干した後、陽菜を一瞥した。

「は、初めまして。私は二階堂さんと同じ局で仕事をしている久能木です。今日はよろしくお願いします」

思わず、自分から自己紹介をしていた。

ぺこりと頭を下げ、陽菜が名刺を渡すと、彼女はその紙面を一瞥し、

「ええ。有起ちゃんから聞いてるわ。私は市原(いちはら)エミ、よろしくね」

と、クールに微笑んだ。

「ふたりとも、何、飲む？」

メニューをこちらに向けたエミさんはもう、ひとりでワイングラスを傾けている。

陽菜はビール、二階堂はスコッチウイスキーをロックで注文し、すぐに本題に入った。

「一通り、説明はさせて頂いていると思いますが、二階堂さんとエミさんの会話をピンマイクで収録をさせて頂きます。大丈夫ですか？」

「ええ。私もメディアの人間だから、どういうものがリスナーさんに求められているか、

だいたいわかってるつもりよ。どう編集してもらっても構わないわ」

気負いのないトーンで発せられた言葉が頼もしく、好感が持てる。

二階堂は口の中に投げ入れたナッツを噛み砕きながら尋ねた。

『でさぁ、俺たち、なんで別れたんだっけ？』

それはリスナーの好奇心をそそるため、というよりは、本当にその理由を忘れているような聞き方だった。

『本当に忘れちゃったの？』

エミさんがチーズを摘まみながら、呆れたように聞き返す。

『起業してから私も忙しくなっちゃって、もともと忙しかったあなたとのすれ違い生活が続いて……。私がホストと浮気したのが原因だったじゃない』

『ああ、そう言えばそうだったな』

急に浮気をされた時の記憶が蘇ったのか、二階堂は不機嫌そうな顔になる。

『俺、嫌なことは思い出さないようにしてっから』

『あの時は、めちゃくちゃ怒ったくせに、もう忘れてるなんて』

エミさんの方はもうすっかり罪悪感も消え失せているのか、クスクス笑っている。

『俺も忙しかったからな。気にかけてやれなくて悪かったと思ってるよ』

二階堂は嫌な記憶を飲み干すように、ロックグラスのウイスキーを一気に飲み干す。

『でも私、今の有起ちゃんとの関係が気に入ってるの。夫だった時よりセクシーで、惹かれるわ』

——セクシー!?

隣で飲んでいた陽菜は、ビールを噴き出しそうになった。

『口説かないでくれ。浮気はもう、こりごりだ』

『やだ、何かあったの？』

二階堂は不倫がバレて職を失い、妻とも別居状態であることを打ち明ける。それは同性の友達に相談するような気兼ねない口調だった。

『それは災難だったわね』

エミさんが笑い飛ばす。

災難だったのは二階堂の奥さんの方なのでは？　と陽菜は首を傾げた。

『今の奥さんも、別れてから、きっとあなたの良さがわかるわよ』

『いや、それじゃ遅いだろ』

『そりゃそうね』

ふたりはアハハと声を上げて笑っている。

——うーん。不謹慎には違いないけど、なんだか羨ましいぐらい楽しそうだ。

陽菜はふたりの関係を不思議に思いながら、チビチビとグラスビールを飲む。

一時間ほど経った頃、エミさんが二階堂を見つめながら言った。

『私、今でもあなたの言葉に感謝してるのよ』

『え？　俺、何か言ったか？』

『言ったじゃない。「二兎を追わない者の前に、三匹目のウサギは現れない」って』

――二兎を追う者は一兎をも得ず、ならわかるけど。三匹目って、意味不明なんですけど。

またも意味のわかりにくい迷言が飛び出した。

『あの有起ちゃんの言葉に背中を押されて私は独立を決心したのよ。そしたら、三匹目どころか、何度もチャンスが訪れたの』

なるほど、慎重になりすぎず強欲になれ、というアドバイスだったらしい。

『そうか……。まあ、そのせいでエミさんが忙しくなって、結局、離婚するハメになったんだけどな』

それもそうだ、とエミさんが吹き出し、ふたりはまたアハハと声を立てて笑う。

顔も見たくないと思うぐらい、とことん嫌いにならなければ、離婚なんてしないのではないか、と思っている陽菜には、理解しがたい関係だった。

陽菜はふと、自分が思春期の頃に目の当たりにした両親の諍いを思い出した。

いつも疲れ切った様子で帰宅する父は、決まって「もう外で食ってきたから」と自室に入っていった。

父がドアを閉めた瞬間、母は持っていた箸をパン！　とテーブルに叩きつけるように置き、鬼のような形相で夫を追いかけていく。

「どうせ、オンナと食べて来たんでしょ？　今度は誰と不倫してるの？　秘書？　水商売の女？」

「そんなわけないだろう」

「いいえ。あなたのスマホに女から電話がかかってきたわ」

「それは部下だろう」

「わかってるのよ。あれが今の愛人なんでしょ！」

「やめないか！　陽菜に聞こえるだろ！」

母の罵声と、声を押し殺すようにしてたしなめる父の声が漏れ聞こえてくる。

大企業の中間管理職だった陽菜の父は、仕事から帰ってきたばかりのところを毎晩のようにこんな風に責められるから、外食をして帰ってきていたのだろう。その食事の席に、女性が一緒だったのかどうかは陽菜にはわからなかった。けれど、母は何らかの確信に満ちた声で父をなじり続けた。陽菜には、母の疑念をやんわりと躱す（かわ）ような父の発言は情けなく感じられたものだ。

そんな両親を見て育った陽菜は、男女が別れる時、そこには恐ろしいほどの憎悪が渦巻いているものだと信じていた。

だから、二階堂と元嫁たちの精神構造が理解できない。

――どれも離婚に至るほどの理由じゃなかった、ってことのような気がするんだけど。

だが、リスナーには響いたようだ。

二夜目の放送後、二階堂への批判はまた少し減り、彼の過去の結婚生活については、理解を示す投稿が増えた。

『すれ違い生活で離婚。芸能人なんかの離婚理由でよく聞くが。別れた後も友達関係を続けられる人って、本当にいるんだな。何だか、羨ましい　#ビギラブ』

『別れても、会いたくなる男。二階堂、意外と魅力的かも。一途なハンプティちゃんへの仕打ちはクズだったけどな　#ビギラブ』

また、『ビギラブ』のradikoでの再生数がわずかながら上昇した。

第三夜「謎のオンナ、愛美（まなみ）」

陽菜はもういい加減、二階堂と元嫁たちとの話はお腹（なか）がいっぱい、という心境だった。その上、陽菜の思惑をよそに、二階堂本人に反省の色は見られない。これでは何のために出した企画かわからない。

その一方で、謝罪行脚は放送を重ねるごとに、リスナーの数も反響もじわじわ増えている。

この企画を途中でやめる理由は見当たらない。

——まあ、これでラストだ。

仕方なく、翌週の月曜日も二階堂とともに上京した。

しかし、それまでと違い、二階堂は東京に向かう新幹線の中で、三番目の妻の情報を共有しようとはしなかった。

これまでは聞いてもいないのに、出会った経緯や結婚生活、離婚後も彼女たちがいかに充実した人生を送っているか、など、自分とかかわった女たちは皆、幸せになったと言わんばかりにペラペラ喋っていたのに。

――何でだろう？　ま、いっか。

どうせこの後、嫌でも会って話を聞くことになる。しかも、陽菜の仕事は進行ではなく、これまで通り録音だけ。

事前に情報を得ておく必要もない。


三番目の妻との面会は、彼女の自宅マンションの一室で行われることになっていた。

「え？　ここ？」

先を歩く二階堂が足を踏み入れようとしているエントランスの先に聳（そび）えているのは、巨大なタワーマンションだった。

陽菜は一流ホテルに勝るとも劣らない立派な建物の外観を、惚れ惚れと眺める。

「三人目の奥さんって一体……」

彼女の正体を尋ねようとした時、二階堂が重々しく口を開いた。

「あれは、四年ぶり三回目の結婚だった」

「そんな甲子園の出場回数みたいに、誇らしげに言わないでください」

「ま、後は本人に聞いてくれ」

陽菜の質問を躱すように茶化し、二階堂がポケットから出した黒いカードを手慣れた様子でセキュリティボックスに近づける。

ピッと電子音がして入口のドアが開いた。

足を踏み入れたエントランスも天井が高く、ゴージャスな雰囲気だ。

エレベーターの入口にもセキュリティパネルがある。二階堂が先ほどと同じ黒いカードをタッチすると、ドアが開き、既に最上階の番号が点灯していた。

このカードを持っていなければ、最上階には上がれないシステムになっているようだ。

「すごい。タワマンの最上階なんだ……ていうか、二階堂さん、なんでまだ元奥さんの部屋のセキュリティカードを持ってるんですか？」

「さあ？　何かあった時に駆け付けてくれる人がいないから、俺に持っててくれ、って。三年前、彼女がここに越した時に」

「は？　一緒に住んでたマンションのセキュリティカードをそのまま返してないんじゃなくて、元奥さんが引っ越した新居のカードを二階堂さんに渡したってことですか？」

「まあ……、そういうことだな」

何がそんなに不思議なんだ？　と聞きたそうな顔だ。

――私なら絶対、元亭主に新しい部屋の鍵は渡さないけどな。

勝手に自宅に入ってこられても歓迎できるような関係なら、別れる必要がないような気がするからだ。

元嫁がどういうつもりで新居の鍵を渡したのか、全くわからない。

ふわっとエレベーターが上昇を始め、ガラス張りのケージから都心の景色が一望できる。

「おおー。ここって、賃貸なのかなぁ。家賃、いくらなんだろ」

陽菜はジオラマのように見える街を眼下に見下ろしながら、思わず呟く。

「家賃の一部は必要経費で落ちるそうだ」

「経費？　家賃が？　だから、一体、どういう……」

元嫁の職業を問いただそうとした時、最上階に到着したエレベーターのドアが開いた。

そこはもう、豪華なペントハウスの玄関だった。

「やだー、久しぶり！　二階堂ってば、元気だった？　入って、入って～」

扉の前で待っていた、三十代後半に見える女性がハイテンションで迎え入れる。

彼女は、胸元の大きく開いたワンピースをまとい、しっかりとしたフルメイク。長い髪の裾は縦ロール。美容院でヘアメイクしてきたばかりのような完璧さ。

――ラジオ収録だから、顔が映るわけでもないのに……。

訝る陽菜の目に意外なものが映った。

――あれ？

なぜか、彼女はハンディカメラを構え、こちらに向けた。

「おいおい。撮るのはかまわんが、後でちゃんとモザイクかけてくれよ？　俺、ラジオのせいで、今、敵が多いんだ。顔が晒されたら、命の危険があるんだからな」

ハンプティダンプティの件で、世間の敵になっている、という認識はあるらしい。

だが、わからないのは、元嫁の行動だ。

「モザイク？　顔が晒されるって、どういうことですか？　ていうか、なんで奥さんの方が録画してるんです？」

陽菜にはこの状況がさっぱり理解できなかった。

「コイツは……、なんて言うか、今流行りのアレだよ」

二階堂はいつになく歯切れが悪い。

「アレ？　アレって？」

「つまり……アレだ」

「だから、アレって何なんですか？」

言いにくそうに言葉を濁していた二階堂が、ついに白状した。

「アレはアレだ。ユーチューバー、ってヤツだよ」

「えええええッ！」

二階堂の元嫁は女子大生に女性起業家にユーチューバー。そこに元局アナが加わるのも時間の問題だ。

——バラエティに富みすぎだろ！

「当時はまだ、そんなにメジャーな仕事じゃなかったんだが、今や登録者数三百万人の美容系ユーチューバーだ」

二階堂は一気に吐き出すように説明した。

「美容系ユーチューバー……」

陽菜は鸚鵡返しに呟いてみたものの、すぐには頭がついていけない。

しかし、よくよく見ると、彼女の顔に何となく見覚えがあった。

――思い出した！

たしか、美容系は美容系でも、整形を繰り返して、術後の腫れや傷跡までをも晒す『美容整形マニアの愛美』だ……。

呆気に取られている陽菜を後目に、愛美が二階堂に言う。

「そういう事情ならモザイクもかけるし、名前も出さないようにうまくやるけど、こんなバズりそうなネタ、公開しない手はないでしょ？　ね？　いいでしょ？」

そう言いながら、先に立って、マンションの中とは思えないほど広い廊下を歩く愛美。

「いつもここで撮影してるの」

案内された部屋の壁は真っ白で、テレビ局のスタジオみたいにカメラやライトがセッティングされている。

「二階堂はこっちに座って」

愛美がブルーのスクリーンをバックに置かれた椅子を二階堂にすすめる。

「で、アシスタントさんはこっちね」

ＡＤだと決めつけられ、部屋の隅にポツンと置かれている丸椅子に座るよう指示された。

――いや、私はＡＤじゃないし。れっきとしたディレクターなんだけど。

陽菜は雑な扱いにムッとしながらも、低姿勢で頼んだ。

「すみません。ピンマイクをお願いします」

すると、愛美は「あとでちゃんと音声ファイルはあげるから、そこで大人しくしといて」と、飼い犬に『ハウス』を命じるような口調で言う。

「え？　でも……」

愛美の目はもう、二階堂しか見ていない。

全員の座り位置を決めた愛美が、固定カメラの向きを調整している。

その隙に、二階堂が卓上マイクをテーブルの下に置き、陽菜に向かって、録音機材のスイッチを入れるようジェスチャーする。

――まあ、いい。ここでふたりを見守ろう。

陽菜が録音機材のスイッチを入れた時、愛美がカメラのセッティングを終えて、二階堂の隣にある大きな籐（とう）の椅子に腰を下ろした。

そして、リモコンでカメラのスイッチを入れると同時に、弾けるような笑みを浮かべた。

『愛美チャンネルをご覧の皆さん、こんにちわー。愛と美の女神、愛美でーす』

ラジオ収録のはずなのに、いきなり自分のユーチューブチャンネルの動画を回し始めた。それ以上に、自分のことを女神と称することに驚いた。

――どうでもいいが、二階堂の女性の好みがわからない。

学生結婚し、普通の主婦になっている浩子や広告代理店勤務を経て会社経営者になったエミさんまでは理解できたのだが……。

たぶん、そう思われることをうっすら予想して、三番目の妻がユーチューバーであることを白状しなかったのだろう。

新幹線の中で派手に驚かれるのが嫌だったのに違いない、と陽菜は想像する。

あれこれ考えを巡らせている陽菜の目の前で、愛美の番組はどんどん進んでいった。

『今日はサプライズ企画です。じゃじゃーん！　今日のゲストは、愛美の元ダンナさんで〜す。ここだけの話、彼は関西屈指のＦＭ放送局のプロデューサーさん、なんです』

『ど、どうも。愛美の元ダンナです』

二階堂が照れ臭そうに自己紹介する。

『拍手〜っ！　はい、というわけでね、今日は元ダンナさんに色々聞いてみたいと思います』

――いやいや、聞かなきゃいけないのは、こっちなんだけどね。

愛美のペースに引き込まれているのか、二階堂は無口になっている。それぐらい彼女の喋りはこなれていて、進行のうまさもベテランのパーソナリティ並みだ。

『では最初の質問です。元ダンナさんは、どうして愛美と別れちゃったんでしょうか』

いきなり、こちらが聞きたかったことを、愛美が二階堂に聞いた。

『うーん、それは、一言で言うと価値観の違い、かな？』

二階堂があっさり答えた。

『何、それ～？　愛美的には納得がいかないんだけどー。もっと、具体的に言ってくださ～い』

子供が駄々をこねるような言い方だった。

愛美は三十代後半ぐらいに見える。が、喋り方は女子高生みたいだ。

『離婚を話し合った時にも言ったと思うが、たとえば、外食してる時、旅行に行ってる時も、映えることしか考えてなかったろ。俺はメシの盛り付けよりも、食材や味の良さを優先したかった。紫芋のパンケーキより、神戸ビーフが食いたかったんだよ！』

『え～!?　私たち、そんなつまんないことで別れちゃったんだっけ？』

愛美は二階堂が口にした離婚理由に不服そうだ。

『そんなつまんないこと、って……。俺には重要なことだ。それだけじゃない。食費を切り詰めて一個二十万円もする美容クリームを買うっていう価値観も理解できなかった』

確かに、それは一般人には理解できない感覚だろう、と陽菜は無言で頷く。

『そんなの、大したことじゃないわ』

『そうだな。確かに、そのあたりはお互いに歩み寄れたかも知れない』

——え？　そうなの？　食費ケチって二十万の美容クリームだよ？　歩み寄れちゃうわけ？

陽菜は部屋の隅で悶々とする。

『じゃあ、なんで？』

『俺が一番受け入れられなかったのは、あの頃も十分可愛かったのに、君が何度も整形を繰り返したことだった。失敗や後遺症のリスクもある手術を何度も何度も……。だが、それでも満足しない君を見ているのは、痛々しくて辛かった。その心の乾きを癒せない自分にも腹が立った』

畳みかけるように告白する二階堂を見て、愛美はようやくその顔に深刻さを滲ませた。

『そう……だったんだ……』

愕然と呟いた愛美だった。が、次の瞬間、パッと表情が変わった。

『ま、そういうことなら仕方ないよねー。私の欲望はチョモランマ級なんで。これからも気になるところはどんどん整形していきたいと思ってます。次は涙袋をちょっとだけ大きくしようかな〜、なんて思ってるところです』

陽菜も二階堂も絶句したまま、愛美を見ていた。

すると、愛美は急にカメラ目線で訴え始めた。

『離婚理由をすっかり忘れ去っていた愛美ですが、今でも元ダンナさんが言ってくれたはなむけの言葉だけは、ちゃんと覚えてるんです』

『え？　俺、何か言ったっけ？』

今回も、二階堂本人は記憶にない様子。

またしても出るのか、迷言!?　と、陽菜は前のめりになる。

愛美はうふふ、と意味ありげに笑った。

『一緒に離婚届を出しに行った帰り、言ってくれたじゃない。「僕は君の価値観についていけなかったけど、君はこれからも、野に咲く花のようにレットイットビーでいいんだよ」って』

——うーん……。前半のパートは『裸の大将』のテーマソングで、後半はビートルズの名曲？

陽菜が首を傾げていると、愛美はまたもやカメラ目線で口を開く。

『結局、元ダンナさんとお別れした後も、その言葉を胸に刻んだ愛美は、ありのままに欲望のままに美を追求し、全てを犠牲にして、ここまで登り詰めたわけです。それもこれも、みんなのおかげだよ〜。いつも、応援、ありがとねー！　チャンネル登録、高評価、よろしくねー！』

満面の笑みで両手を振る愛美からは、何の後悔も感じられない。

それなのに、リモコンでビデオカメラのスイッチを切った途端、表情が微かな憂いを含む。

「でもね、今の気持ちで十年前のあの日に戻れたら、私は二階堂を手放さないと思うんだ」

それは陽菜にとって、意外な発言だった。

——どうして、どの元嫁も未だに二階堂に好意や未練を持っているんだろう……。

陽菜はモヤモヤした気分のまま、愛美の部屋を出た。

タワマンの敷地を出て、外の光を浴びた途端、二階堂は両腕を上げて伸びをし、「やっと終わった〜！　ぜんっぜん謝ってない気もするけどな！」と、ドヤ顔で解放感に浸っている。

反省には程遠い態度に陽菜は舌打ちした。

最寄りの駅に向かいながら、陽菜がわだかまる気持ちを吐き出す。

「納得がいきません」

「は？　何が？」

「何が、って言われると、うまく説明できないんですけど……」

取材中、陽菜は何度となく、崩壊した自分の家族を思い出した。

陽菜が幼稚園の頃は、よく三人で公園や遊園地に行った。

その頃はみんな笑顔だった。

が、父の海外赴任のために家族でアメリカに移り住んだ頃から、母は父の浮気を疑うようになり、両親はよく言い争うようになった。

そして、それは帰国後も続いた。

ついに母は心を病み、入院生活になってからも、見舞いに来る陽菜に、父への恨み言を繰り返し、怒りを吐露し続けたのだ。

それでも両親は、離婚まで至らなかった。父が受け入れなかったせいだと聞いている。

それは世間体を保つためだ、と母は断言し、ますます父のことを憎むようになった。

——夫婦の関係が壊れる時には、恐ろしいほどの嫉妬や憎しみのエネルギーが必要だと思ってたのに……。

「別れた妻たちが、誰ひとり二階堂さんのことを恨んでも憎んでもいないなんて、そんなこと、有り得るんでしょうか？　何か、根回ししたとしか考えられません」

「はぁ？」

二階堂は啞然としたような顔で陽菜を見る。

「たとえ、根回しがなく、これが真実だったとしても、リスナーは納得できないと思います」

「根回しなんかしてねえよ。全ては俺のダンディズムがなせる業だ」

ちょっと自慢げなところが許せない。

「これで『完結』は有り得ません！」

陽菜は決然と言い放った。

「じゃあ、どうしろって言うんだよ」

口では詰め寄りながらも、顔はへらへら笑っている。

「四人目に会いに行きましょう」

「よ、四人目？」

二階堂の目が泳いだ。

「そうです。別居中の奥様に面談を申し入れましょう」

「う、嘘だろ……」

二階堂は明らかに動揺している。そう言えば、別居の発端は二階堂の浮気だと秘書の沙織から聞いていた。これまでとは違う状況だ。二階堂は相当恨まれているはず。

——今度こそ、思った通りの反応が収録できるに違いない。リスナーたちも溜飲（りゅういん）を下げることだろう。

陽菜は黒い笑みを禁じえなかった。

第四夜「パパ、いつ帰ってくるの？」

幸い、ユーチューバー愛美の取材が昼過ぎで終わったこともあり、時間は十分にある。

渋る二階堂を説得するため、陽菜は近くのレストランに彼を引っ張り込んだ。

平日のランチタイムには遅めの時間で、広い店内は空いている。

が、二階堂の説得が難航することも考え、敢えて誰もいないテラス席を選んだ。

「二階堂さん、このままではこの企画は完結しません」

木漏れ日が落ちるテーブルを挟んで向かい合い、陽菜が口を開く。

「いや、俺の元嫁のひとりがユーチューバーってだけで十分面白いだろ」

「面白〜い、とか、意外〜、とかじゃなくて、もっと深い人間ドラマが必要なんです」

「そう言われても、俺はＤＶもしてないし、酒や借金やギャンブルに溺れて家族を苦しめたこともない。恨まれる理由がない。全て円満離婚だ」

堂々と腕組みをして断言する二階堂に、陽菜はずばりと切り込んだ。

「でも、今回は浮気しましたよね？」

すると、二階堂は視線を泳がせ、しどろもどろになる。

「し……した……かな……」

「浮気をして奥様を傷つけた、その事実と向き合ってください」

「それについては俺だって謝罪したいし、話し合いもしたい。だが、離婚届を置いて出て行った妻に何と言えばいいか……」

どうやら、二階堂は離婚を恐れるあまり、別居後、妻にコンタクトをとっていないらしい。

陽菜は首を傾げた。

「これまで相手の離婚要求にあっさり応じ、恥知らずな不死鳥のごとく蘇って再婚してきたあなたが、どうして今回に限って……」

陽菜の問いを遮るように、二階堂はきっぱり言った。

「娘がいるからだ」

そう言えば、他の元嫁たちとの間には子供がいなかったようだ。

「娘とは離れたくない。だが、妻に会えば、間違いなくそういう話になるだろう」

つまり、奥さんに対して執着はないが、血の繋がった娘には未練がある、親権問題に発展するのは困る、ということらしい。

「じゃあ、なおさら、奥さんに会うべきでは？　このままでは、ずっと娘さんに会えない状況が続いてしまいますよ！」

ドン、とテーブルを叩き、二階堂が声を荒らげた。

「わかってるよ、そんなことは！」

　こんなに感情的な上司を見るのは初めてのような気がした。

　――いつも飄々と他人を上から見下ろすような態度を崩さないのに。

　どうにかしたいと思っているくせに状況を変えようとせず、うじうじしている二階堂に腹が立ってきた。

「意気地なし」

「何ぃ!?」

　二階堂がいきり立ち、語気を強める。彼自身が、いつもと違う自分に悶々としているからだろう。

「これは二階堂さんにとっても、チャンスです」

　陽菜は番組の再生数アップもさることながら、膠着状態の夫婦関係を変え、二階堂を娘に会えるようにしてやりたい、という気持ちにいつしかなっていた。

「取材という名目で奥さんに会うことができるんですよ！　弁解も謝罪もできます。娘さんと会えるよう交渉もできるじゃないですか」

　二階堂は腕組みをし、うーん、と唸った。

「だが、結局、夫婦の話をして謝罪するんだろ？」

「最終的には」

「最終的には、って……。簡単に言うなよ」

ぼそっと呟くように言った二階堂は、テーブルに置かれたメニューを手にとって開く。それを見計らったように、ギャルソンが注文を取りに来た。

どうやら、言い争う様子の客を前にタイミングをうかがっていたようだ。

「そもそも、アイツが俺に会うわけないだろ。俺はボロネーゼのランチセット」

「それはわからないじゃないですか。私がうまく交渉します。私はラザニアのセットで」

「しかしなぁ……。えっと、食後の飲み物はエスプレッソで」

「とにかく連絡してみましょうよ。私、飲み物はカフェオレで」

ギャルソンは会話の中に散りばめられたオーダーを拾って去って行った。


カフェオレを飲み終わる前に、陽菜は渋り続ける二階堂から別居中の妻の携帯番号を何とか聞き出した。

食後もふたりはテラス席に居座ったまま、テーブルの真ん中に置いた陽菜の携帯を見つめていた。

「じゃあ、かけますね」

陽菜が宣言すると、二階堂は無言でゴクリと喉を鳴らす。

二階堂の妻、裕子の携帯番号をタップし、スピーカーをオンにする。

短いコール音のあと、すぐ『はい』と返事が聞こえた。こちらの番号に見覚えがないせいか、名乗ることはしない。が、落ち着いた女性の声だ。

「突然、失礼いたします。わたくし、ＦＭマインドで番組ディレクターをしております、久能木陽菜と申します」

「え？　ＦＭマインドさん？　大阪の、ですか？」

不審そうな声ではなかった。が、放送局のことを知っているような口ぶりが気になった。別居中の二階堂の転職先を知っているのだろうか。もし、そうなら、どう切り出せば不信感を持たれず、取材に応じてもらえるだろうか。考えを巡らせていると、相手の方から、

「よく、聞かせてもらってるんです。はぴはぴ・マンデーとか」

と、放送局に対して好意的なトーンで続けた。

「あ、ありがとうございます！」

礼を言った後、陽菜は相手に考える暇を与えないよう、すぐさま用件を切り出した。

「ぜひ、ラジオの企画で、二階堂裕子さんの取材をお願いしたいと思っておりまして」

「取材？　企画って、どういう……」

電話口の声が疑念を含んだトーンになった。

「あ。ちょうど今日、出張で東京に来ておりまして、お会いできないかなー、なんて」

「え？　今日？　今、東京におられるんですか？」

「はい。別件で上京してまして。で、プロデューサーの二階堂も御一緒させていただきたいと申しております」

　さらっと言ってみたが、さすがに聞き流してもらうことはできなかった。

「二階堂？　二階堂有起哉のことですか？」

「はい」

「あの人、今、ＦＭマインドさんで働いてるんですか？」

　どうやら、夫の再就職先は知らなかったようだ。

　だが、たとえ断られることになっても、ワケありの夫が同行することは伝えておかなければならない。

「はい。二階堂は私の上司です」

「そうですか。わかりました。私も彼に会いたいと思っていました」

　え？　そうなんですか？　と口から出かかった言葉を、陽菜は慌てて呑み込んだ。

　取材より、別居中の夫との面談、という名目で会うことができそうだ。

「そういうことなら、これから自宅までできてもらえますか？」

　二階堂裕子は、ここから二駅ほど先にある自宅マンションまで来て欲しいという。娘はこの後、同じマンション内にあるピアノ教室へ行き、二時間は帰ってこないから、と。

「わかりました。これから向かいますので、よろしくお願いします」

口頭で告げられた住所をメモし、陽菜はそっと通話を切った。

「良かったじゃないですか。奥さんも会いたい、って」

固唾を呑んでテーブルの上のスマホを見つめていた二階堂は、緊張の糸が切れたかのように、ふーっ、と深い息を吐いて、椅子に背中をあずけた。陽菜もいつの間にかカラカラに乾いていた喉に、グラスの水を流し込んだ。

——ちょっとした罵り合いがあるかも知れないけれど、これを機に、ふたりの関係が修復される可能性もある。

二階堂の妻からも、それほどの憎悪は感じられなかった。二階堂が誠心誠意、謝罪しさえすれば、また元通り、三人で暮らせるようになるかも知れない。

陽菜はかつて、両親と三人で遊園地へ行った日のことを思い出していた。あの頃は、家族がただ笑っているだけの休日が、希少な思い出になるとは思わなかった。

——子供が親の身勝手に振り回されるのは可哀想だ。

会ったこともない二階堂の娘に、過去の自分を重ねていた。

地下鉄で移動する間、二階堂はずっと無言だった。陽菜も黙って車窓に映る二階堂の顔を盗み見ながら、この後の取材のことを考えていた。

——何にせよ、話し合わないことには、ふたりの間に進展はない。

地上に出ると、太陽が少し西に傾いていた。

「このマンションみたいですね」

二階堂裕子が電話で伝えた住所に建っていたのは、瀟洒（しょうしゃ）な建物だった。

五階建てで、規模はこぢんまりしているものの、いかにもデザイナーズマンションといった雰囲気のモダンな外観だ。

「ここの家賃、二階堂さんが払ってるんですか？」

五階でエレベーターを降りた陽菜は、部屋の位置を示す壁の表示を見ながら尋ねる。

「とりあえず、それまで住んでたマンションを売却して、その金を当座の生活費として振り込んだ。俺はいつ東京に戻れるかわからなかったしな」

「太っ腹ですね。この先、養育費や慰謝料も請求されるかも知れないのに」

「だから、離婚するつもりはない、って言ってるだろ」

口では強気な発言をしていたくせに、二階堂の足は部屋の前まで来て動かなくなった。

電話で聞いた部屋番号のドアの前で、ただ立ち尽くしている。

「行きましょう」

陽菜は二階堂の背中をポンと叩いてから、ポーチの横にあるインターフォンを押した。

しばらくしてドアが開き、ニュース番組で見たことのある女性が無言でふたりを招き入れる。が、睫毛を伏せたままで、こちらの顔を見ようとしない。

「どうぞ」

リビングに通され、ソファをすすめられた。

センターテーブルの上にカップが三つ置かれている。ポットから注がれたのは薄い黄緑色の液体。

「いい香り……」

温かいカモミールティーだった。癒されている場合ではないのだが、ホッとするような優しい匂いに思わず、素直な感想が口から出る。

二階堂裕子は陽菜の向かいに座り、ゆったり足を組んだ。彼女からは大女優のようなオーラが感じられた。

――さすが、キー局の元アナウンサーだ。

セミロングの艶やかな黒髪をゴムでひとつに結んでいる。眉を整え、薄い色のリップグロスを塗っただけのように見える。それでも十分に美しい。

――あれ？　この人、テレビ以外でも最近どこかで見たような……。

まじまじと顔を見て、ようやく思い出した。大学時代の同級生の結婚披露宴で司会を務めていた元東都テレビのアナウンサー、披露宴の司会が一回百万円の人だ。

その彼女が、「これ」と、脇に置いた茶封筒を手に取った。

「あ。ちょ、ちょっと、待ってください。録音させてください」

陽菜が肩にかけていた録音機材をテーブルに置くと、裕子は陽菜ではなく、二階堂を睨みつけた。

「録音？　あなた、裁判する気なの？」

陽菜は質問を遮り、左右に手を振った。

「ち、違います、違います！　取材です！　不都合な部分はカットしますので、最初から全て録音させてください」

裕子は困惑するような顔を見せた。が、陽菜の説得に何とか同意し、ピンマイクを付けてくれた。

「では、どうぞ」

陽菜が録音機材のスイッチを入れ、掌で合図を出すと、裕子は茶封筒から一枚の紙を出した。

『これ。あなたがいつまでも送り返してこないから、またもらってきておいたの』

そう言って、二階堂の前に置かれたのは離婚届だった。

面談に応じた理由はこれだったようだ。家を出た際に置いてあったという離婚届に、二階堂がいつまでもサインしないから、業を煮やしたのだろう。

——話したいことって、これ？　離婚する気満々じゃん……。

この取材により、ふたりの関係を修復できるのではないか、などと安易に考えていた陽菜はうろたえた。

『お、奥さん。再考の余地はないんですか？』

固まったように目の前の紙を見つめている二階堂の代わりに、陽菜が聞いた。

『あるわけないでしょ。この人、タレントでもなくマネージャーと浮気したのよ？　しかも、オカメインコが豆鉄砲食らったような顔をした、気の利かない、何の面白味も、取り得もない女と！』

悪意しか感じられない形容だ。どうやら、自分より容姿や能力の劣る（と本人は認定している）女性と浮気されたことで自尊心が傷ついたらしい。

『結婚する時、一生、私のことを大切にする、って言ったくせに』

裕子が二階堂をねちねちと罵り始める。

『あなたのしたことは、結奈にもちゃんと説明しましたから。だから、ママは我慢できなくて、お別れするんだ、って。結奈もこの離婚に納得してるわ』

『お、お前……。まだ六歳の結奈にそんなこと言わなくても……』

結奈というのが娘の名前なのだろう。二階堂は青ざめた顔で唇を震わせている。

『あの子は賢いから、ちゃんと説明すれば、正しく理解できるの。あなたは許されないことをしたんだから、子供からも非難されて当然だわ』

一方的に二階堂の不倫を責め立てていた裕子が、不意にハッとしたような顔になった。

『あなた、まさか、この期に及んで離婚に同意しないとか、慰謝料と養育費は払わないとか、そんなこと言うために来たんじゃないでしょうね？』

『いや、君の気が済むまで別居してもいい。慰謝料も養育費も払う。ただ、離婚だけは勘弁してくれ。俺を結奈のパパでいさせてくれ』

瞳を潤ませ、二階堂が哀願する。だが、腕組みをしてソッポを向いた裕子が『無理よ』と一蹴した。

『裏切者と一緒になんて暮らせない』

裕子は最後通告のような冷たさで突き放した。

ふたりの会話は陽菜が想像していたのとは、全く違う方向に流れ始めた。

これまでずっと、二階堂が元嫁から完膚なきまでに罵られる展開を期待していた陽菜だった。が、今回ばかりは家族の再生を願っていたのに……。

がっくりと肩を落とし、項垂れている二階堂が床に吐き出すようにぼそりと言った。

『自分だって浮気してたくせに』

聞き間違いかと思い、陽菜は「え？」と二階堂の後頭部を見る。

『ま、まさか……。私がそんなこと、するわけないじゃないの』

否定する裕子の視線と声が揺れている。その狼狽ぶりを見るだけで、二階堂の言葉が嘘ではないのがわかったような気がした。

『君が先に浮気したんだ。知らないとでも思ってたのか？』

嘘！　マジで？　という言葉を呑み込みつつ、陽菜は二階堂と裕子を交互に見る。

『してないってば、そんなこと』

裕子は否定し続けたが、二階堂は顔を伏せたまま続けた。

『君のスマホのメッセージアプリを見て、俳優の卵らしき男と浮気してることを知った。その画面はスクショしてある』

『う、嘘……』

絶句し、顔色を失くした裕子は、もう否定しなかった。

『君の不貞を知ってしまってから、俺は苦しんだ。君にそんなことをさせてしまった自分を責めたし、何とか君の気持ちを取り戻したいと思った。けど、うまくいかなくて……苦しくて……寂しくて……』

裕子を直視できない様子で、二階堂は俯いたまま当時の気持ちを吐き出す。横柄で、どこか飄々としているいつもの上司とは別人のようだった。

『だからと言って、俺が他の女性と不適切な関係になっていいとは思ってない。ただ、あの夜はコロナ明けの解放感もあって、打ち上げで泥酔して、気がついたら……』

消え入りそうな声で打ち明ける二階堂に対し、裕子は強気だった。

『気がついたらオカメインコと寝てたのは、私のせいだって言いたいの？　とにかく、どっちが先かなんて関係ない。お互い、裏切り合ったんだから、もう元には戻れないわ』

『それはそうかも知れないが、親の都合で、結奈を不幸にはできない』

『愛のない両親と一緒に暮らす娘の方が不幸よ』

裕子に断言され、二階堂はやっと顔を上げた。茫然とした表情だった。

彼にとって、娘の幸せが何よりも優先なのだということが陽菜には察せられた。

『少し……考えさせてくれ』

『とにかく、結奈の養育費だけはちゃんと払ってよね。私、無職なんだから』

披露宴の司会を一回するだけで百万円を稼げる女が、無職だと主張する。だが、そんなアルバイトのことは知らないのか、二階堂が、『ああ、それはわかってる』と、その要求をあっさり呑む。

『その代わり、離婚が成立したら月に一回は結奈に会わせてあげるから』

つまり、それまで娘には会わせない、という意味なのだろう。それにしても、ずいぶん、上から目線での発言だ。

それでも、二階堂は無言で目の前に置かれている離婚届を畳み、ジャケットの内ポケットに入れた。

——え？　これで終わりなの？　本当にこれでいいの？

先に裏切られた二階堂は、もっと妻に怒りをぶつけても良いのではないか、と陽菜はモヤモヤする。

『そろそろ結奈が帰ってくる時間だから、帰ってくれる？』

裕子が立ち上がり、遅れて二階堂もソファを立った。これまでの元嫁たちと違い、彼女の態度からは二階堂に対する未練や執着が微塵も感じられない。

『あ、あの、最後にひとつだけ聞いてもいいですか？』

陽菜は思わず口を開いた。一縷の望みを託すような気持ちで。

『今まで二階堂さんがあなたに言った言葉で、今でも心に残っているものはないんですか？』

その言葉を思い出せば、他の元嫁たちのように二階堂との幸せだった頃の記憶が蘇るのではないか、と思ったからだ。

『ないわ』

即答だった。

が、裕子はふと思い直したように、そして、少し遠い記憶を手繰り寄せるような顔をして、何もない部屋の一角を見つめた。

『けど、プロポーズの言葉なら覚えてる』

——そう、それ！　出るのか迷言！

陽菜が身構える。

『あなた、夜景の見えるレストランで、「牛の耳にピアス」って言ったわよね』

『は？　馬の耳に念仏でも、豚に真珠でもなく？』

ぽかんと聞き返す陽菜の横に立ったまま、二階堂が口を開く。

『本物の宝石は、どんな場所ででも輝ける、という意味だ。たとえその場所が家庭の中であろうと、牛の耳であろうとも』

二階堂が懐かしそうな遠い目をして補足説明した。

裕子がにっこり微笑み、さばさばした口調で言った。

『あなた、今までありがとう。私、今度は別の場所で輝くから、安心して』

二階堂の迷言は覚えているものの、やはり彼に未練も執着も残ってないようだ。

陽菜は最後の賭けにも敗北したことを確信した。


『お邪魔しました』

黙って玄関を出る二階堂の代わりに、陽菜が頭を下げた。すると、裕子が『ちょっと待って』と引き留める。

肩を落としている二階堂に何か優しい言葉でもかけるのかと思いきや、回収し忘れていたピンマイクを突き返された。

『離婚に同意してくれるんなら、今日の収録を放送していいわよ。ただし、実名はNG、声はボイスチェンジャーで加工してね』

という事務連絡と一緒に。

つまり、もう取材のことについても連絡を取る気はない、ということだろう。

『………』

これはもう修復不可能だ、と察し、陽菜も項垂れて玄関を出た。

力ない足取りでエレベーターホールに向かう二階堂の背中が、いつもより小さく見える。

その時、不意に二階堂の足が止まった。エレベーターの扉が開き、小さな女の子が駆け出してくるのを見て。

女の子は五、六歳だろうか。可愛いお下げ髪。襟の大きなブラウスに、ふわりとしたレースのスカートをはいている。

その姿を見た二階堂が、通路に面している部屋の玄関ポーチに駆け込み、その部屋の壁に貼り付いている。建物と一体化しようとでもするみたいに。

「え？　誰の家？」

唖然とする陽菜の横を、女の子がすり抜けるように走っていった。小さな足音が走り去るのを聞いた二階堂は、引き寄せられるように、ふらふらと女の子の後を追っていた。女の子が裕子の部屋に入っていくのを見て、あの女の子が二階堂の娘、結奈なのだと確信した。

陽菜も二階堂と一緒に後を追い、さっき出てきたばかりの裕子の部屋の前まで来た。が、二階堂はポーチの前に立ち尽くしている。

その時、部屋の中から、女の子の元気な声が聞こえた。

『ねえ、ママ。パパ、いつ帰ってくるの？』

玄関の重厚な扉越しにもはっきりと聞こえるような大きな声だった。娘はまだ二階堂を慕っていて、いつかまた一緒に暮らせると思っているのだろうか。

——切なすぎる……。

込み上げる涙をこらえた陽菜は、二階堂の目にぶわっと涙が湧き上がるのを見た。通路にしゃがみ込み、声を押し殺して泣く二階堂を見て、陽菜も思わずもらい泣きしてしまいそうになる。

……と、その時。

『ちょっとすみません』

若い男が通路を塞いでいるふたりに声を掛けた。

陽菜が反射的に横によけると、男は座り込んでいる二階堂を怪訝(けげん)そうな目で見ながら、ポーチの扉を開け、玄関へと入っていく。

——え？　誰、あの人？

訝る陽菜の耳に、また玄関ドアの向こうから女の子の声が届いた。

『パパ、お帰り〜!!　結奈も今、ピアノ教室から帰ってきたとこなんだー』

——へ？　パパ？　さっきの若者が？　どういうこと？

娘が心待ちにしていた『パパ』は、どうやら二階堂のことではなかったようだ。

そう言えば、帰ってきた男はどこか垢抜けていて、俳優を目指している、と言われても納得してしまいそうなイケメンだった。

——マジか。あれが裕子さんの新しい牛の耳だったんだ……。

二階堂に掛ける言葉が見つからず、黙ってタクシーに乗り、東京駅まで移動した。

駅のホームに立つ二階堂の目元はまだ赤い。

まさか上司が泣く場面を見ることになるとは思ってもいなかった陽菜は、何だか申し訳ないことをしたような気持ちになっていた。

「よ、よかったら、ビールとお弁当、おごりますね。松花堂(しょうかどう)弁当でいいですか？」

下りのホームの売店で、食欲も気力もなさそうな二階堂の夕食を買った。

車両に乗り込み、機材を網棚に置こうとした時、まだ録音状態のままだったことに気づいた。

――しまった。色々慌ててたせいでオフるの忘れてた。

窓際を陽菜に譲り、通路側の席に腰を下ろした二階堂の襟元にもピンマイクが付いたままだ。

彼に缶ビールと弁当を手渡した陽菜は、深い溜息を吐いた。

「最後の取材はボツにしましょう」

「ボツ?」

二階堂は怪訝そうに聞き返す。

「実はついさっきまで録音機材のスイッチが入ったままだったみたいで……。たぶん、二階堂さんが聞かせたくないと思われる展開部分も録音されちゃってます」

放送するためにはプロデューサーがチェックしなければならない。

「え? じゃあ……」

つまり、感涙にむせぶ二階堂を後日に、娘が別の若者をパパと呼び、微妙な空気が流れた場面も録音されているはず……。

「裕子さんとのやりとりも放送するのやめましょう。悲惨すぎます。二階堂さんが言うように、ユーチューバー愛美まででで十分意外だし、面白いので」

陽菜は二階堂の心情に配慮したつもりだったのに、二階堂はポカンとした顔になる。

「は？　何、言ってんだ。あんな面白いネタ、この先、二度と出てこないぞ」

二階堂が缶ビールを手に取り、プルトップをカシリ、と音を立てて引き上げる。

「え？　面白い？　普通の人は、笑えないと思いますけど」

「笑えないのは、お前が俺の同僚だからだ。だが、ビギナーズ・ライブのリスナーは俺のことをクソヤロウだと思ってる。顔も知らないクソヤロウが、別居中の嫁からけちょんけちょんに言われ、娘は実の父親が悪者だと吹き込まれてる。しかも、嫁は新しい男まで咥え込んで、娘はその間男をパパと呼んで慕ってる。こんな愉快な話はないだろう」

「それはそうかも知れませんけど……」

二階堂はすっかりいつもの飄々とした顔に戻っている。

「二階堂さん。不思議に思ってたんですけど……。どうして娘さんに声を掛けなかったんですか？　大切な娘さんに、一方的に加害者みたいに吹き込まれて平気なんですか？　奥さんだって加害者なのに」

陽菜が訴えると、二階堂はシニカルな表情をして笑った。

「娘は母親にベッタリだ。あの子にとって母親はひとりしかいない。あの子はこの先、十年以上、あの母親と一緒に暮らすんだ。だから、母親は優しく清らかな聖母みたいな女だと信じて育って欲しい」

しんみり言いながら、ごそごそと弁当の包み紙を開いている。どうやら食欲も戻ったようだ。

「私のお父さんも、二階堂さんみたいな人だったら良かったのに……」

思わず自分の口から洩(も)れた本心に、陽菜は慌てた。が、ヘッドホンをつけて収録音声をチェックし始めた二階堂の耳には届かなかったらしい。彼は呑気に割り箸で鯖(さば)の切り身をつついている。

そして、時折り、「おもしれえ」「天才かよ」「神だわ」「唯一無二だな」などと声を上げ、完全に当事者からリスナーになりきって、げらげら笑いながら聞いている。でき立てほやほやの自分の黒歴史を。

――鋼(はがね)のメンタルかよ。

もはや同情心は消え去り、得体の知れない生き物を見るようで不気味だった。

第5章　あの夜を越えて

新たなドラマ

二階堂の元嫁、および別居中の妻との面談場面を放送すると、四週連続でビギラブがradiko の週間再生ランキングのトップテン入りを果たした。

——さすが、視聴率請負人と呼ばれた男だ。その男が捨て身になって私生活を晒したのだから、再生数爆上がりは当然といえば当然か。

ビルの屋上に置かれたベンチに座り、トレンド情報を眺めて感心している陽菜の横に、秘書の沙織が勢いよく座った。

「なに？　新情報？」

ビギナーズ・ライブが打ち切られることはないだろう、と余裕綽々（しゃくしゃく）の陽菜に、沙織は衝撃的な情報をもたらした。

「ビギラブ、もう人気的には続投で問題ないらしいねんけど、コンプライアンス的にはどうなのか、って役員審議に入ってるで」

「コ、コンプライアンス？　役員審議!?」

今や企業にとって生命線とも言えるワードに頬を殴られたような気がした。

「い、痛いところを……」

忘れていたわけではない。ギリギリのところをやっている、という意識はあった。

「まあ、ビギラブは最初からヤバかったやん？」

「最初から？」

「もう忘れたん？　オーディションに犯罪者が紛れ込んだり、その後はパーソナリティ候補だった女の子がストーカーみたいになったり、番組プロデューサーは不倫で奥さんから三行半を突きつけられたり」

「ううう……。しかも、それを全部、放送してしまってる……」

陽菜は頭を抱えた。そんな陽菜の苦悩をよそに、「そう言えば」と沙織が話題を変える。

「最近、このビルの周辺に不審者が出るらしいねん」

「え？　不審者？　マジで？　怖いじゃん」

沙織の話によると、その不審者は以前にもビルの周辺をウロウロしていたらしい。

「昨日はついにセキュリティゲートを突破しようとして、守衛さんにつかまってんて」

「で、どうなったの？　その不審者、警察に引き渡されたの？」

「なんか、ちょうど居合わせた二階堂さんがどこかに連れてったたって」

「は？　不審者を連れ去り？」

相変わらず、よくわからない人だ……。

「いや、そんなことより役員審議が気になる。結果がわかったら、すぐに教えてね」

沙織にその後のリサーチを頼んだところで、昼の休憩時間が終わった。


だが、その日、いいこともあった。

祐太郎が四週間ぶりに放送局に姿を見せたのだ。

「ご迷惑をおかけしました」

ママンに持たされたという百貨店の紙袋をおずおずと差し出す。

「迷惑だなんて……。うちのやり方に問題もあったんだし」

コンプライアンスの問題で役員審議にかけられている今、番組の方向性については全く自信がない。

「番組、復帰してくれるんでしょ？」

「はい。もし、許してもらえるんやったら」

祐太郎は自信なさげに陽菜の表情をうかがうような目をしている。

「もちろんよ！　けど、どうして復帰する気になってくれたの？」

理由を尋ねると、祐太郎は少し照れ臭そうな顔になった。

「最初に放送を休んだ日から、番組のファンの人たちから僕のＳＮＳのアカウントに、お見舞いのＤＭとかメッセージとか、いっぱい来てん。大学構内でも知らん学生から声掛けられたり、プレゼントもらったりすることもあって」

祐太郎はそんな芸能人みたいな扱いをされたことがなく、何か裏があるのではないか、二階堂が仕掛けたドッキリなのではないか、などと疑心暗鬼に陥ったという。

「けど、ほんまにビギラブ聴いてくれてるファンの人たちなんや、ってわかって。マジ嬉しくて」

「そっかー。祐太郎君の声が聴けなくなって、リスナーさんたちも寂しかったんだね」

陽菜の言葉に祐太郎はますます気恥ずかしそうにしている。

「茉莉花ちゃんへの生告白玉砕で、なけなしの自信も吹き飛んで、なかなかここに来る勇気も出てこおへんかってんけど、番組のことはずっと気になってて、ビギラブは毎週聴いてて」

そして、四回分の二階堂のお詫び行脚を聴いて、気づいたことがあるという。

「そもそも、あんな凄い女性遍歴のあるオジサンに、チェリーボーイの僕が太刀打ちできるわけないねん」

納得し、やけにスッキリした様子だ。

「僕、二十年後に二階堂さんみたいなオトナの男になるために、がんばろうと思って」

「えっと……。それは……」

――それ、間違った目標だからね。

だが、その目標のおかげで前を向くことができたのなら、それはそれで良しとしよう。

陽菜はもやもやしながらも、祐太郎の言葉を否定しないでおいた。


ビギナーズ・ライブのパーソナリティふたりが揃ったので、二階堂と蛍原、陽菜を加えて五人で緊急会議を開いた。今後の番組作りについての話し合いだ。

長机に両足を乗せ、スマホを弄っている二階堂が口を開いた。

「次回の番組については三択だ」

だが、陽菜は倫理的なルールを守りながら、これまでと同等もしくはそれ以上のリスナーを獲得し、人気を上げる方法があるとは思えなかった。

「三択？　私にはひとつも思いつかないんですけど」

これだから今の若いヤツは、と二階堂が簡単にギブアップした陽菜のことをなじる。

いつもの流れ、平常運転だ、と納得し、陽菜は反論しない。

アイデアを出せない部下をひとしきり罵った後、自信に満ち溢れた様子で、自分のプランを語り始めた。

「初心に戻ってリスナーからの『ふつおた』を紹介し、相談に乗る。これがひとつだ」

「それでリスナーが増えるとは思えません」

陽菜が反論すると、それは想定内だったのか、二階堂は顔色ひとつ変えずに続ける。

「二つ目は好評だったリアルなラジオドラマを続ける」

「それだと人気は持続するかも知れませんが、会社のコンプライアンスに抵触する恐れがあります。現に今、これまでのリアルドラマについて、社内の倫理委員会が協議中です」

　それも想定内だったのか、二階堂は陽菜の意見をフフンと鼻先で笑った。

「三つ目はフィクションのドラマだ」

　どうやらこれが本命らしく、自信に満ち溢れた顔をしている。

「フィクション？」

「これまでのような事実に基づいたノンフィクションドラマではなく、完全創作のオリジナルストーリーだ」

「オリジナル……」

　それができるのなら、なんで最初からそうしなかったんだろう。フィクションのドラマで注目が集められるなら、誰かのプライバシーを晒したり、傷を抉ったりしなくて済んだのに。陽菜は自分の眉間に皺が寄るのを感じた。

　そんな陽菜を横目に、蛍原が立ち上がり拍手する。

「すごい！　ついに二階堂さんが完全プロデュースするドラマが始動するんですね！」

　この、忖度なのか本気なのかよくわからない褒め人の称賛にも慣れてきた。

「どんな物語になるんですか？」

ワクワクしているような顔で、蛍原が尋ねる。

「まだ話すことはできないが、俺の頭の中ではもう完璧に出来上がっている」

「さすがですー！　もう、神がかってます！」

まだ、内容については一ミリも教えてもらえてないのに、蛍原がパチパチパチと絶賛の手を叩く。

「んじゃ、シナリオが出来上がったら、メールでここにいる全員に配布するわ」

そう言って、二階堂は会議を解散させた。

——え？　もう終わり？

陽菜にはこのあと二階堂がどんな物語を作るつもりなのか、全く想像がつかなかった。


しかし、待てど暮らせど、シナリオは陽菜の手元に届かなかった。

「二階堂さん、いい加減、シナリオを配らないと、読み合わせもできないじゃないですか！　まさか、ぶっつけ本番で放送するつもりじゃないでしょうね？」

痺(しび)れを切らした陽菜が詰め寄っても、

「大丈夫、大丈夫。もうすぐ出来上がるから」

と、のらりくらりと躱され、ついに放送前日の木曜日が来てしまった。

その日は二階堂が局に来ておらず、不安になった陽菜は小手川に電話で相談した。

「小手川さん、いくら何でも今日中に、シナリオが届かなかったらマズいですよね？」

すると、小手川は電話口で驚いたような声を出した。

「え？　シナリオですか？　シナリオは会議の翌日にはもうメールで届きましたよ」

「え？　そうなの？」

「ええ。もう祐太郎とも何度か読み合わせをしましたし……」

「祐太郎君にも送られてきてるの？」

つまり、陽菜にだけシナリオが送られていないということらしい。

――送付漏れ？　それとも故意に私だけハブった？　だとしたら、私の意見なんて聞くまでもないってこと？

ディレクターとしての存在を完全に否定されたような気がして、頭の中で、怒りと悲しみが混ぜこぜになる。

「久能木さんにはまだ届いてないんですか？　宛先漏れかな？　転送しましょうか？」

小手川は、二階堂の送付ミスを前提に申し出る。だが、毎日のようにフォローしていた陽菜の宛先だけ入れ忘れるとは思えなかった。

「あ、ううん。届いてる、届いてる。大丈夫です」

咄嗟に嘘をついていた。そうしないと、自分のプライドが保てないような気がして。

結局、陽菜は二階堂にシナリオを請求できないまま、放送当日を迎えてしまった。

放送前、二階堂がパーソナリティとスタッフを会議室に招集した。

「では、配役を発表する」

両手を腰に当て、スポーツクラブのコーチみたいな口調で二階堂が言った。

「え？　放送直前に？」

だが、戸惑っているのは陽菜だけで、パーソナリティのふたりは事前にどの役でもこなせるよう指示されているという。

「では、主人公の拓也（たくや）役を小手川さん。その妻役を祐太郎。その他を久能木で行く」

「え？　私にも役があるんですか？　そんな急に言われても、シナリオももらってないし」

陽菜は言ってしまった後で、ハッとして小手川を見る。嘘がバレてしまった。

「え？　そうか？　しまった、送り忘れたか。けど、大した役じゃない。端役ばかりだから、ぶっつけ本番でもイケるだろ。ほら」

と、渡されたシナリオには、陽菜が読むべき端役のセリフ部分にだけマーカーで印がつけられている。

――これってわざと？　事前に私に見せたくないぐらいコンプラ的にヤバいとか？

別居中の奥さんと修復できないことがわかって、やぶれかぶれになってるとか？

　一気に不安が押し寄せ、急いでシナリオに視線を落とす。その間にも、二階堂は番組に関する説明を続けている。

「ライブ放送終了後に、場所を移して翌週分の収録を行うのでよろしく」

　その段取りの意図も気になったが、今はシナリオを確認することに集中した。

　シナリオの半分も目を通し終わらないうちに、生放送のスタンバイ時刻となった。この時間までが二階堂によって計算されているような気がして恐ろしくなる。

　が、最初の部分を読んだ限り、誰かのプライバシーを侵害している内容とは思えなかった。オリジナルの普通の大学生の恋愛モノのようだ。


　ブースに入った小手川、祐太郎、陽菜の三人は、テーブルに着いた後もずっとシナリオに目を落とし、口の中でセリフの練習をしている。事前にシナリオをもらっていたふたりも真剣な顔だ。配役発表が直前だったせいだろう。

　アップテンポのテーマ音楽が流れた後、いったんシナリオをテーブルに置いた小手川が、深みのある声でオープニングトークを始める。

『さてさて、始まりました、金曜夜のビギナーズ・ライブ！　今日から祐太郎が復帰してくれてまーす。はい、拍手～』

効果音の拍手喝采が入った後、祐太郎が明るい声を出す。

『みんな、休んでる間、沢山のエール、ありがとう。まあ、中には「永遠に休んでろ」っていうアンチのメッセージもあったんやけど、それはそれで嫌いやのに気にしてくれてるんやなあ、ていう風に前向きに捉えて復帰しましたー』

『お帰り〜、祐太郎。ということで、今夜は四月にスタートしたビギナーズ・ライブの記念すべき第十八回目となります』

『え？　十八、て。記念するには中途半端ちゃう？　せめて二十回まで待たれへんかったん？』

『ははは。ぼやっとしてるわりには毒舌な祐太郎節は健在ですね。ということで、記念すべき第十八回目の放送は、ラジオドラマシリーズ第三弾、「あの夜を越えて」です』

『え？　また、やんの？　ラジオドラマ。もうみんな、飽きてきてるんちゃうのん？』

『そうでもないみたいなんだよね、これが。どうも、癖になるみたいで』

『ふうん。ほな、やろかー。それでは、お聞きください。「あの夜を越えて」第一夜です』

四週ぶりの掛け合いとは思えないほど、ふたりのトークは息が合っていた。

陽菜はホッとしながら、担当するト書き部分を読んだ。

『それは一九八五年の春。拓也は地方の進学校から、十和子(とわこ)は都内の有名女子高から横浜のとある大学に進学し、サークルの新歓コンパの席で出会った』

父親が不動産会社を経営するお嬢様育ちの十和子と、田舎の平均的なサラリーマン家庭で育った拓也は、不思議と気が合った。映画や本の趣味が近く、ふたりとも、当時流行っていた欧米のポップスをよく聴いていた。そんな彼らの中で、ごく自然に好意は芽吹き、育っていった。

『十和子。卒業したら、結婚して欲しい』

小手川がいつもの渋い声よりも若々しいトーンで、将来への希望に満ち溢れた青年を演じる。

『本当に私でいいの？』

もともと声が可愛らしい祐太郎の演じる女性役は、それほど違和感がない。

『十和子。君じゃなきゃダメなんだ』

『嬉しい！』

祐太郎も少女のように指を組み、ノリノリだ。

しかし、セリフ回しについては、ドラマの神様と呼ばれていたと豪語する男が演出したとは思えないほど、ベタだ。その、あまりの酷さに茫然とし、うっかり、ト書きを読み忘れている陽菜の足を、祐太郎がテーブルの下で軽く蹴る。

『あ……。だが、その後のふたりの恋は茨の道であった』

結婚を前提に交際するふたりの前に、普通の大学生同士の恋では有り得ないような障害が次々と現れる。

十和子にプロポーズした拓也は、彼女の両親に紹介される。だが、ふたりは彼女の父親から、結婚に対して猛烈な反対を受ける。結果、拓也と十和子は駆け落ち同然で家を出て同棲を始める。

その後、就職した拓也に横恋慕する女性社員が現れたり、十和子を慕う幼馴染みの男がふたりの仲を邪魔したり……。

このあたりで、リスナーから反応が出始めた。

陽菜が出番のない数十秒の間にPCをチラ見すると、

『そこはかとなく、バブル期の恋愛ドラマの匂いがする　#ビギラブ』

『ちょっと前の韓流ドラマでも有り得ないような展開に惹きつけられる件　#ビギラブ』

『最近のドラマと違って、逆に展開が読めなくて新鮮　#ビギラブ』

『ふたりを応援したい、わくわくする　#ビギラブ』

など、意見は賛否両論だった。

そんな中、ラジオドラマは進む。

『十和子。君をこんなアパートに住まわせるのは、本当に申し訳ない』

『ふたり一緒なら、どんな所だって私は幸せよ』

セリフは相変わらず在り来りだが、やがて、ふたりは苦難を乗り越え、結婚に至る。

『拓也さん。今日も遅いの？』

『ごめん。営業は接待も仕事のうちだって言われてて……』

商社マンとなった拓也は多忙で、日付けが変わってから帰宅することも増えた。専業主婦となった十和子は、彼を待つだけの寂しい日々を送る。

それでも、娘の美奈子(みなこ)が生まれてからは、十和子の実家との行き来も再開され、拓也も孫の顔を見に来てくれる義父母を歓迎した。

そんな時、拓也のシアトル転勤が決まる。

拓也は単身赴任も提案したが、赴任期間は短くて三年、長ければ五年ということもあり、十和子はアメリカで夫を支えることを決断した。

十和子は知人もおらず、言葉も通じない土地で娘を育てることになった。娘のために、と借りた一戸建ても裏目に出た。近隣の家までの距離は遠く、同じ町に住む住民との交流もない。

そんな中、拓也の仕事は多忙を極めた。十和子は彼の負担になるまいと、拓也の前では必死で明るく振る舞った。

だが、慣れない土地での子育ては彼女の心を徐々に蝕(むしば)み、ついに、寂しさを紛らわすため、キッチンドランカーとなってしまう。そして、酔っぱらった十和子は、疲れ切って帰ってくる拓也を責めるようになる。

『あなた、浮気してるんでしょ？　だから、毎日帰りが遅いんでしょ？　土日も仕事なんておかしいじゃないの』

任期が終わり、帰国しても十和子の被害妄想は止まらなかった。

やがて、十和子は思春期の娘に、父親のことを悪く刷り込み始める。

ドラマがそこまで進んで、陽菜はようやくハッと気づいた。

——これって……。

陽菜の母親はずっと父親のことを悪く言っていた。『モラハラ男』『愛人を囲い、家庭を顧みない男』だと。

あまりにも、陽菜の家庭に酷似していた。

——これ、私の両親の話なの？　どうして、二階堂さんが私の家のことを知ってるの？

サブに目をやると、いつもは放送中もスマホを弄っている二階堂が、恐ろしいほど真面目な顔をして陽菜を見ていた。

——今度は私の過去を暴露するつもりなの？

自分の顔が険しくなるのを感じる。

その時、またポンと足を蹴られ、陽菜は我に返った。最後のト書きの部分だ。

『あ……。た、拓也は十和子を心療内科に連れて行った』

陽菜はこの物語の先を知りたいような、知らない方がいいような、とてつもない真実を知らされてしまいそうな恐怖を覚え、声を震わせながらナレーションを入れた。

そこで、『あの夜を越えて』の第一夜が終わった。

エンディングの音楽がブースに響く。

その明るい音楽とはうらはらに、陽菜の鼓膜には父を罵る母の、憎しみに満ちた声が蘇る。そして、耳を塞ぎ、震えながら自室に駆け込んだ記憶……。家族が壊れることを恐れ続けた記憶……。

夕暮れの風に吹かれて

「んじゃ、隣のブースで来週分の収録するぞ」

ヘッドホンから二階堂の抑揚のない声が聞こえた。

——どういうつもりなの？

怒りに任せ、勢いよく椅子から立つと、小手川と祐太郎が驚いたように陽菜を見る。

「あ……。い、行きましょうか」

本当はこのドラマの収録を続けたくない。けれど、彼らに、この物語が自分の両親の話だとは、絶対に知られたくなかった。父の浮気が原因で両親が憎しみ合っていたなんてことは。

幸い、ドラマの登場人物の名は両親のものとは異なり、二階堂が暴露しない限り、陽菜と物語の関係を知られることはない。

——けど、どうして二階堂さんが私の両親のことを知ってるの？ 私でさえ、両親の学生時代の話なんて詳しく聞いてないのに。

いや、きっと偶然だ、と陽菜は思い直し、隣のブースに足を踏み入れた。夫の海外赴任に同行して心を病み、キッチンドランカーになってしまう妻は、珍しくないのかも知れない、と。

自分に「偶然だ」と言い聞かせ、収録ブースのテーブルについた。そこには既に三人分のシナリオが置いてある。

「え？　いきなり？」

祐太郎の焦っている様子を見て、後編の物語の筋はまだ誰にも知らされていないのだ、と陽菜は推測した。

「じゃあ、収録、始めるぞー。ライブじゃないから、失敗したら録りなおしも可能だ」

初読みでも緊張しなくていいから、と二階堂がサブから声を掛ける。

すぐに、『レコーディング中』のランプが灯る。

三人はほとんど同時にシナリオを開いた。最初のセリフは祐太郎だ。

『もう無理……。あなたを失うぐらいなら、死にます』

『馬鹿な事を言うな。ちゃんと心療内科に通えば、くだらない妄想もなくなる』

『妄想？　ごまかさないで！』

祐太郎の熱演が、ヒステリックに叫ぶ母の声を思い出させ、陽菜の心を抉る。

物語の中では、十和子がクリニックへの通院を勝手にやめてしまい、彼女の精神状態はますます危うくなった。娘を道連れに死ぬ、と騒ぐようになったのだ。

『拓也は娘の美奈子に危害が及ぶのを恐れ、十和子を病院に入院させる決断をした』

陽菜は自分が読むト書きにも、胸を切り裂かれるような痛みを感じた。

そんな陽菜の気持ちを置き去りに、物語は進行する。

拓也は十和子を強制的に専門病院に入院させた。だが、十和子は娘が面会に来ると、拓也が自分と娘を引き離すためにこんな目に遭わせた、と泣く。自分はどこも悪くないのに、と。これまで母親と一緒に過ごす時間が長かった美奈子は、十和子の話を疑わなかった。

そう言えば自分もそうだった、と陽菜は母とふたりきりの病室を思い出す。

今思えば、母の言うことは辻褄が合わないことも多かった。けれど、当時は母の言うことを鵜呑みにした。繰り返し、父への恨みをインプットされ、洗脳されていたのかも知れない。

過去を振り返る陽菜を置き去りにして物語は進む。

美奈子は毎日のように十和子を見舞った。が、その甲斐もなく、十和子は長年の飲酒がたたり、美奈子が大学を卒業する直前に他界する。

『もうお父さんとは暮らせない』

娘は大学卒業後、拓也のもとを離れてしまう。それでも、拓也が美奈子に弁明することはなく、以降、拓也と美奈子が連絡を取り合うことはなかった。

――やっぱり、このシナリオは私の家族の物語だ。美奈子は……私だ……。

もはや疑いの余地はなかった。

陽菜は凍り付きそうになりながらも、必死で活字を追った。ふたりのパーソナリティに動揺を悟られないために。

『それから七年が経ち、拓也は出張で大阪を訪れた。夜、北新地で関係会社からの接待を受け、新大阪のホテルまでタクシーに乗った。その時、カーラジオから流れてくる声にハッとした』

そのト書きに続き、陽菜のセリフがやってきた。

『こ、小手川さーん。これ、残り物のお惣菜だけど、良かったら持って行って』

それはビギナーズ・ライブで初めて放送したラジオドラマ『みちのく食堂』で、陽菜が食堂の女将さん役をやった時のセリフだ。

『間違いない。美奈子の声だ！　運転手さん！　この番組、どこの放送局なんですか!?』

そのセリフの後、小手川が、ちら、と陽菜の顔を見る。

——気づかれた……。

祐太郎はここまで来ても気づいていないのか、

『ああ、北区にあるＦＭマインドですわ』

さらりと、運転手役のセリフを読んでいる。

ラジオドラマで娘の声を聞いた拓也は、運転手に教えてもらった放送局へ行った。が、娘の姿を見つけることはできず、彼は大阪出張の度に、放送局の入っているビルの周辺をうろつくようになった。

そんなある日、拓也は人間ドックの結果から自分が末期癌であることを知る。死ぬ前に一目でいいから娘の元気な姿を見たい。そう思った拓也は放送局が入っているビルのセキュリティゲートを越えようとして不審者と思われ、警備員に声を掛けられた。

拓也は下手なことを言えば娘に迷惑がかかる、と思い、無断侵入しようとした理由をうまく説明できなかった。

ますます不審に思われ、警察を呼ばれそうになったところへ、美奈子の上司が現れる。拓也は上司に事情を説明し、一目元気な姿を見たかっただけ、自分がここへ来たことは娘に伝えないで欲しい、と哀願する。

ふと、陽菜は先週、沙織と交わした会話を思い出した。

「で、どうなったの？　その不審者」

「なんか、ちょうど居合わせた二階堂さんがどこかに連れてったたって」

このドラマの『上司』とは二階堂のことで、彼は陽菜の父親から全ての事情を聞いて、このシナリオを作り上げたのだと確信した。

ようやく、断片的だった出来事が繋がり、一本の線になった。

『会いに行ってやれよ。お前の親父さん、もう長くないそうだ』

　上司役の小手川が言った。その語尾が震えている。

『嘘でしょ……』

　シナリオにないセリフが陽菜の口から洩れた。思わず立ち上がり、サブのドアを開け、二階堂を睨みつけていた。勝手にシナリオを作った二階堂が許せなかった。

「何の権利があって、こんな勝手なことを……」

　だが、二階堂はいつもの飄々とした顔で、「これがお前の両親の真実だ」と嘯く。

「お前の親父さん、隣の会議室で待ってるぞ」

　そう言って二階堂が録音機材とピンマイクを差し出した。自分と父親が対峙する様子を収録させようというのだろう。ようやくその思惑に気づいた。

「最初から、こうするつもりだったんですか？　どうやったら、そんな風に他人の傷口に塩を塗るような真似ができるんですか？」

「こうでもしなきゃ、お前は親父さんを誤解したままだったろ」

　確かに、二階堂から真実を伝えられたところで信じなかっただろう。ドラマだと思って客観的に聞いていたから、母親の言動の不自然さ、異常さにも気づいた。

「たとえあれが真実だとしても、私は絶対に、父に会いませんから」

「なんでだ？　父親が悪くない、ってわかってもか？」

「もう思い出したくないの！」

陽菜はヒステリックに叫んだ。

「もう、あの夜の……ラジオの世界に逃げ込むことしかできなかった自分を、思い出したくないの」

胸の奥がキュウッと痛んだ。それでも二階堂は踏み込んでくる。

「そうやって記憶に蓋をしても思い出してしまうから、苦しいんだろ」

「あなたにはわかりません」

陽菜は母親が死んだ時以来の涙を流した。

「何が？」

二階堂に誘導されているのはわかっている。このままだと、自分の心の底に封印してきた気持ちを全て吐き出してしまう予感がある。それでも、気持ちを抑えられなかった。

「私だって、アメリカから帰国した時、苦しかった。アメリカの小学校では自分の意思をはっきり主張しないと、ダメな人間のように見なされた。けど、日本の学校では逆で、主張が強いと協調性がないって言われて、友達もできなくて……、先生も私には冷たくて。辛いこと、母に言いたかったけど、母は自分の気持ちで手一杯で。そうなるまで母を虐げてた……虐げてると思い込んでた父にはなおさら言えなかった。あの時、お父さんがちゃんと真実を言ってくれてたら、せめてお父さんには悩みを打ち明けられたかも知れないのに……」

　思春期の重い記憶が蘇り、あの頃の苦しみが涙となって目から溢れた。

「なんで、お前の父親が真実を告げないか、わかるか？」

　二階堂が静かに問う。

「それは……」

「たったひとりしかいないお前のお母さんを悪者にしたくなかったんだよ」

　寂しげに呟く二階堂。その横顔を見て、幼い娘に弁解しようとしなかった二階堂を思い出す。

「父親ってのは、つまらないプライドやポリシーを必死で守って生きてるんだよ。それでも、何年たっても娘の声を忘れられない。父親っていうのはそういう切ない生き物なんだよ」

　彼は苦々しい顔をして笑った。

「けど、私は……」

「お前と親父さんが一緒に過ごせる時間、そう長くないぞ」

　それはドラマの中だけの話だと思っていた。いや、そう思いたかった。

「嘘でしょ……」

　母親を看取(みと)った時のことを思い出した。矢も楯(たて)もたまらず、陽菜はブースを飛び出した。

——お父さん……!

隣の会議室の扉を勢いよく開けながらも、声に出して呼びかけることができなかった。ずっと父親だと思わないようにしてきたから。

『陽菜……』

優しい声で呼び、目じりに皺を寄せる父は以前より痩せて、ずいぶん年取って見えた。

『体……、大丈夫なの?』

陽菜は恐る恐る聞いた。足が震えている。

『体?』

父はきょとんとしている。

『だって、重い病気って聞いて……』

癌という単語を口にすることすら恐ろしかった。

『何のことだ?』

父は更にぽかんとした顔になる。

『え?』

父が癌だというのは二階堂の嘘だったのだ、とようやく気づいた。

そう言えば、ドラマの中では拓也が末期癌だというセリフはあったものの、二階堂は一言も、陽菜の父親が癌だとは言っていなかった。だが、勘違いしてもおかしくない紛らわしい言い回しだった。

——あんのクソヤロウ……！

心の中で二階堂を罵った。が、今さらこの場から逃げることもできない。

『陽菜。元気だったか？』

『う、うん……』

そう答えるのが精いっぱいで、やはり「お父さん」とは呼べなかった。

『今度、一緒に飯でも食いに行こう』

父親も四年ぶりの再会に戸惑っているらしく、部下にでも話すようなトーンだった。

それっきり、会話もなく、会議室の壁に掛けられた時計が秒を刻む音だけがしている。

『じゃあ、そろそろ行くよ』

陽菜は父親が病気でなかったことに安堵しながら、その背中を見送った。

——お父さん、白髪が増えた。

屋上の手すりにもたれ、月明かりが照らすあべのハルカスを眺めた。いつも見ている景色なのに今日は涙が溢れて止まらない。

湿った頬を拭って手首の時計を見るともう、午前二時だ。

「飲むか？」

不意に二階堂の声がして、横から缶コーヒーが差し出される。急いでもう一度涙を拭い、無言で受け取ってプルトップを引き上げる。

「相変わらず、手段を選ばない鬼畜ぶりでしたね」

嫌味のひとつも言ってやらなければ気が収まらない。

「いいドラマになったと思うがな」

二階堂がコーヒーを一口飲んでから、手すりに背中をもたせかけて夜空を見上げる。

「別室での録音を放送するかどうかはお前の判断に任せる」

「………」

すぐには返事ができなかった。それなのに、二階堂から「一夜目、すごい反響だぞ？」と聞かされ、心が揺れ始める。思わず、スマホで『#ビギラブ』を検索していた。

『ラジオドラマの続きが気になって眠れない　#ビギラブ』

『拓也と美奈子、仲直りできるのかな？　和解して欲しい　#ビギラブ』

SNSにドラマの続きを熱望するコメントが増殖し続けている。

中でも陽菜の胸に刺さったコメントがあった。

『事情は違うけど、私の家族も去年、壊れてバラバラになりました。だから、この家族には絶対、幸せになって欲しい　#ビギラブ』

同じ経験をしたばかりだというリスナーのメッセージに、陽菜は胸が震える。あの夜、ラジオの世界に逃げ込んだ自分と重なって。

「会議室での会話は聞いてないが、今回のドラマは感動的だと思わないか?」

二階堂は自信ありげだ。

会議室で、自分が『お父さん』と呼び、食事への誘いに『うん』と返事ができていれば感動的なラストになったかも知れないが……。

陽菜はポケットから音声データを出して、二階堂に渡した。

「使ってください。別に感動的な結末ではないですけど、その分、リアルだとは思います」

二階堂がニヤリと口角を引き上げた。

「いや、私は今でも、誰かのプライバシーを晒すことには反対ですよ!」

念を押すと、二階堂はふふん、と鼻先で笑った。

「テレビと違ってラジオでは顔が見えない。その分、自由度が高いと思わないか? 本人が『これはフィクションだ』と言えば虚構になるし、『ノンフィクションだ』と言えば真実にもなる。ラジオリスナーにとってはどっちでもいいんじゃないか? ドキドキワクワクできるんなら」

「本当にそうでしょうか? 本当のことなのに嘘だと言ってしまったら、リスナーを裏切ることになりませんか？」

「だから、どちらとも言わずに、ギリギリのところを楽しませてやるんだよ」

「ずいぶん、上から目線ですね」

口ではそう言い返しながらも、今ではこの二階堂を上司として頼もしく思っている。

各種問題はあるものの、着実にリスナーは増え、ビギラブは人気番組になりつつある。

今はただ、自分が手掛ける番組が、ひとりでも多くの人の耳に届いて欲しい。そして、一日でも長く存続して欲しい。

切実に願う陽菜の髪を、夜の風が揺らしていった。

エピローグ

それぞれの明日はどっちだ

そして、秋の番組編成に向けての会議が終わった。

「いくら出演者の許可をとっているとはいえ、今後はプライバシーとコンプライアンスには十分配慮するように」

という、社長からの厳重注意つきで、『金曜夜のビギナーズ・ライブ！』は放送継続となった。

「やったーッ!!」

編成部長から継続を聞かされた時、心の中のリトル陽菜と一緒に、陽菜本体も小躍りしていた。

「こら！　久能木！　何、会社の通路で踊ってんねん」

背後で秘書の沙織の声がして、後頭部を軽くはたかれる。

「これが踊らずにいられましょうか。ビギナーズ・ライブ、継続決定です！」

ガッツポーズをして見せると、沙織はニヤリと笑った。

「そんな情報、地獄耳の沙織様が知らんはずないやろ」

「それもそうだ。さ、すぐに二階堂さんとパーソナリティのふたりに報せなきゃ」

陽菜は声を弾ませながら、ポケットからスマホを出した。すると、沙織が急に深刻そうな顔になる。

「実は、東都テレビの社長からうちのイーロン社長に電話があってん」

「え？　東都テレビって、二階堂さんの前の会社？」

「そう。どうやら、二階堂さんを返して欲しいていう打診やったみたい」

え？　と息をのんだまま、陽菜は自分の呼吸が止まったような気がした。

「だ、だって、東都テレビがクビにしたんでしょ？」

「うーん。事情はようわからへんけど」

とにかく、イーロンが社長室の中を熊みたいに歩き回りながら「敏腕プロデューサーを局に温存するか、東都テレビとの関係を優先するか」悩んでいたという。

「せっかくビギナーズ・ライブの存続が決まったのに……」

テレビ至上主義の二階堂のことだ。ふたつ返事で復帰を了承するに違いない。

ついさっきまでは天にも昇る思いだったのに、今は不安でいっぱいになっていた。

――二階堂さんが居なくなったら、この先、どうすればいいの？

軽蔑していたはずの二階堂にすっかり依存している自分に気づき、愕然とした。

「で？　イーロン社長は何て？」

「本人の意志を確認します、て言うて保留にしてたけど、うちのイーロン、風見鶏(かざみどり)やんか？」

　二階堂はスポンサーである地方銀行の紹介で入社している。一方で、大手テレビ局とのパイプも太くしておきたい。

「今頃、どっちのパイプが太いか、どっちが得か、考えすぎて知恵熱出してると思うわ」

　沙織がカラカラ笑った。

　単純に、番組続投は嬉しい。

　真っ先に二階堂に番組継続の朗報を伝え、テレビ局復帰への意向を確かめたい。けれど、もし、『テレビ局に戻るに決まってるだろ』と言われてしまったら……。

　――今すぐ二階堂の意思を確認したい。

　だが、シフトを見ると、よりによって今日から三日間、二階堂は担当番組がないため、休みだ。今すぐにでも電話をかけたい衝動に駆られた。が、彼がオフの日に会社携帯を持ち歩いているとは考えにくい。

　――三日も悶々としなきゃいけないのか。どうしよ……。

　廊下で悩んでいると、

「久能木さん！」

後輩に声をかけられた。人気アナウンサーがリスナーからの『ふつおた』やリクエスト曲を紹介する番組を担当している、陽菜より二つ年下の女性ＡＤだ。

「この後、ちょっとお時間ありますか？」

「え？　何？　合コン？　今日は書類取りに来ただけで、本当はオフなんだけど。飲み会とかなら、やぶさかではないよ」

プライベートな話だと思ったのだが……。

「これから、番組の特別企画でロケなんです」

そこらへんを歩いている人にインタビューしてリクエスト曲を聞き、その様子を収録するらしい。

「ああ、そう言えば、去年もこの時期にやってたね」

「そうなんですけど、人手が足りなくて」

働き方改革とやらで、どこの番組も最近はますます人手不足だ。

嫌な予感がしてきた。

「本当に申し訳ないんですけど、通行人の整理と荷物持ちだけでいいんで、お願いできないでしょうか？」

今やディレクターの仲間入りを果たした立場としては、ＡＤ以下の雑用係はプライドが許さない。

「いやいや、もう帰ろうかと思ってるんだけど」

「ロケ場所はＵＳＪで、一時間ほどインタビューしたら、あとは自由解散なんですけど」

「行く」

テーマパークをこよなく愛する陽菜はうっかり了承してしまった。そこで、思いがけない光景を目撃することになるとも知らずに。


早速、ロケバスに乗り込み、放送局を後にした。

会社からＵＳＪの駐車場まで二十分ほどだ。

「それにしても、よく収録許可とれたねー」

陽菜が感心していると、後輩は「ええ、まあ」と言葉を濁す。その様子を少し訝しく思いながらも、西海岸を連想させるヤシの木が植えられたプロムナードや、何度くぐったかわからないクリーム色の入場ゲートが見えてくると、一気にテンションが上がった。

ゲートの手前に大きな青い地球儀が回っている。その更に手前で、後輩は準備を始めた。

「え？　ロケって、ここで？」

ゲートを目前にしていながら、中に入る気配はない。確かに後輩は、「ＵＳＪの中で」とは一言も言ってなかった。

——やられた……。まあ、年パス持ってるから中に入れるし、ここまでの交通費が浮いたと思えばいっか。

ＵＳＪへと続くプロムナード付近を行き交う人々に、後輩ＡＤがマイクを向ける。

陽菜は収録の邪魔にならないよう、人流の交通整理をした。

「ちょっとインタビュー、いいですかー？　お姉さんたち、過去のヒットソングの中で、好きな曲ってありますか？　その曲にまつわる思い出とかエピソードがあれば、教えて欲しいんですけどー」

テーマパークに向かう人たちは機嫌よく取材に応じてくれるものの、どこか気もそぞろだ。そわそわしていたり、リクエストする曲名と歌手の名前が合っていなかったり。

——一刻も早くアトラクションに並びたい気持ちはわかる。


予定通り、一時間ほどで収録は終わった。

「お疲れ様でしたー。久能木さん、ほんとに助かりました」

後輩がぺこりと頭を下げる。

今まで彼女に仕事で何か協力してもらったことはなかったが、この先、助けてもらうような事態が発生しないとも限らない。

「いいよ、いいよ。困った時はお互い様だから」

片付けを手伝いながら、軽く手を振る。

「先輩。会社、戻られます?」

駐車場へと引き返し始める後輩に尋ねられ、腕時計に目を落とす。午後三時を回ったところだ。

——せっかくだから、中でお茶して、軽くライドして帰ろ。

ゲートの向こうに見えているアトラクションの誘惑に勝てず、USJ残留を決める。

「今日はオフだし。せっかくここまで来たんだから、寄って行くわ」

行きつけの飲み屋に立ち寄るようなノリでスタッフと別れ、年パスで颯爽と中に入る。

パーク内に流れる音楽を聴くだけでワクワクし、ストリートを歩くだけで非日常的な気分に浸れる。

お気に入りのライドに乗り、最後のパレードを見て帰ることにした。

お目当てのアトラクションに向かいながら、まだパーソナリティのふたりに番組継続のニュースを伝えてないことを思い出した。

それなのに、スマホを出し、真っ先に検索したのは二階堂の電話番号だった。が、通話ボタンを押しかけて、躊躇する。

——もし、東都テレビに戻る決心をしたら、ビギラブの継続なんてどうでもいい話だよね……。

反応を聞くのが怖くなった。

——祐太郎君から連絡しよっと。

画面に出ていた『二階堂有起哉』の表示を消し、一番ハードルの低い祐太郎の連絡先を検索した。

長めのコールが続き、外出先なのかな、と諦めかけた時、ようやく祐太郎の声がした。

「はい。鈴賀です」

気のせいか、その声音はいつもより硬いように聞こえた。

「祐太郎君？　私。久能木です」

「あ、どうも」

やはり、いつもの打ち解けた雰囲気はなく、他人行儀な喋り方だ。

「ごめん。忙しかった？　ちょっと伝えたいことがあったの」

「あ、はい。何でしょうか？」

明らかに様子が変だ。これって、ドラマなら……。

「祐太郎君、落ち着いて、イエスかノーかで答えて。もしかして、そばに強盗とか殺人犯とかが居て、普通に会話できない感じなの？」

「は？」

んなわけないか。

「ごめん。忘れて」

「で。伝えたいことってなんですか？」

尋ねられ、ようやく当初の目的を思い出した。

「あ、ああ。ビギラブが秋以降も放送継続になったから、伝えておこうと思って」

「マジで!?」

やっといつもの祐太郎らしいトーンに戻った。

「俺の人生、こないハッピーでええんやろか。なんか、怖いわ」

本人から聞いた限りだが、これまで彼には成功体験がなく、リア充とは程遠い人生を歩んできたようだ。それにしても、大げさな気もした。

「こんな僕にも思い描く未来があってん」

急に祐太郎は遠い昔のことを回想するような口調になった。

「お兄たちみたいに、いっぱい勉強して国立大学に行きたい、なんて、中学ぐらいまではそんな淡い夢をふんわり抱いててん。けど、そもそも、お兄たちと違って、勉強が大嫌いやった」

「そうだったんだ……」

「高校のサッカー部に入ってた頃は、早く先発メンバーに入ってスポーツ推薦で有名私立大学に入りたい、なんて、ふんわり思ってん。けど、生まれつき鈍足やし、誰かと競争するんも好きやなかった」

何となくつまらなくなって、サッカー部もやめ、放課後は悪友たちとゲームセンターに通うようになった、と祐太郎はしみじみ話す。こうしてことごとく、ふんわり抱いた夢は消えていった、と。

「大学に入ってからは、ふんわりした夢を抱くことすらなくなってたんやけど」

その幸せを噛みしめるような言い方に、陽菜の胸もほっこり温かくなる。

「祐太郎君。これからもよろしくね」

そう言った後で、不意に陽菜は気づいた。自分が立っている場所に流れている音楽と、電話の向こうから聞こえる曲が同じであることに。

「あれ？　祐太郎君もＵＳＪにいるの？　この音楽、ミニオン・パークでかかってるヤツじゃない？」

思わず、あたりを見回していた。

「す、すごい聴力や。よ、よう聞こえるんやね」

それは、どこか慌てるような声だ。

「あ……」

陽菜から十メートルほど先の広場に、祐太郎がスマホを耳に当てて立っている。

「あ……」

祐太郎も陽菜に気づいた様子で、声を上げ、茫然とこちらを見ている。

「なんだ！　すごい偶然！」

通話を切り、なぜかあたふたしている様子の祐太郎に駆け寄ろうとした陽菜の耳に、

「祐ちゃ〜ん。早くこれ、持ってよ〜。アイス、溶けちゃうよぉ」

女の子の甘ったるい声が届いた。

祐太郎がなぜか、ぎょっとしたような顔になって声の方を振り返る。

少し離れたベンチに、ソフトクリームをふたつ持ったツインテールの女の子が座っている。一緒にアイスを食べようとしたところに、電話をかけてしまい、祐太郎がその場を離れたのだろう。彼女の方に顔を向けた祐太郎の顔は、炎天下のアイス以上の勢いで、デレデレに蕩(とろ)けてしまいそうな笑顔だ。

「あれ？　あの女の子は……」

アイスを手に、可愛らしく頰を膨らませている女の子に見覚えがあった。

祐太郎まであと三メートルほどの距離で足が止まってしまった。

「うそ！　有栖川さん？」

目の前の祐太郎は、陽菜と茉莉花を何度も交互に見て、泣きそうになったり笑ったり、挙動不審になっている。

「祐ちゃん。茉莉花、疲れちゃった。もう帰りたい」

陽菜に気づかない様子の茉莉花が、祐太郎に近寄ってきて唇を尖らせている。

「あ……。ま、茉莉花さん。ちょ、ちょっと待ってて。あ、久能木さん。そ、そんなんやないんです。ただの友達です」

こんな風に慌てる祐太郎を見たことがない。

「祐ちゃん。どうしたの？　すっごく汗、かいてるよ？」

ソフトクリームを祐太郎に持たせて、茉莉花がウサギ柄のハンカチで祐太郎の顔の汗を拭き始める。

「だ、大丈夫。めっちゃ脱水状態やけど、ぜんぜん大丈夫」

硬直したように棒立ちになっている祐太郎は、大量の汗をかいていた。しかし、その顔はとても幸せそうだ。

「じゃあ、また、局で」

陽菜はふたりを邪魔しないよう小声で言って、さりげなく踵を返した。その背中に茉莉花の声が届く。

「ねえねえ、さっき、祐ちゃんと喋ってた人、誰だっけー？　どこかで見たことあるんだけどなー」

振り返って遠目に見たふたりはベンチに戻り、仲良く並んでソフトクリームを食べている。祐太郎の態度はぎこちないが、茉莉花は靴を脱いで足を投げ出し、リラックスしきっているように見える。

その様子を見ているだけで、微笑ましく、満ち足りた気持ちになる。祐太郎の多幸感に感染したようだ。

まずは腹ごしらえをしようかとカフェに入った時、テーブルに置いたスマホが震えた。

「久能木さん。まだ、パーク内にいてる?」

「祐太郎君?　どうしたの?　茉莉花さんは?」

デートをしているはずなのに……。

「茉莉花さん、疲れたって言うて、アイス食ったら帰ってん」

「そうなんだ。マイペースだね……」

「それより、さっきの番組継続の話、小手川さんには、もうしたん?」

そう尋ねる祐太郎の声が弾んでいる。

「いや、まだだけど」

「じゃあ、一緒に小手川さんの会社に行って直接伝えへん?　そろそろ仕事、終わる時間やし」

黙って行って驚かせよう、と祐太郎がサプライズを提案する。

「いいね!　乗った!」

注文をする前だったので、そのまま席を立って、ゲートで祐太郎と落ち合った。

――ナイト・パス買ったのに、何してんだか。

何も食べず、ライドにも乗っていないというのに、小手川の喜ぶ顔を見ることの方が楽しみだった。

アプリで経路を確認すると、ＵＳＪから小手川康夫が勤務する南港の運送会社まで電車を三回も乗り継がなければならなかった。

「ユニバと天保山(てんぽうざん)って地図で見ると近そうなのに」

嘆く陽菜に、祐太郎がさらりと言った。

「船で行けるねんで」

「え？　そうなの？」

船と聞いて、ちょっとした小型フェリーを想像した陽菜だった。しかし、渡船場に待っていたのはいわゆるポンポン船を少しだけ見栄えよくしたような庶民的な渡し船だった。

ＵＳＪと天保山の間にある安治川(あじがわ)を渡るだけなので、所要時間は五分ほどだ。

天保山側の渡船場から小手川が勤める運送会社までの道のりを、祐太郎は迷う様子もなくスタスタ歩いて行く。

陽菜は一度、みちのく食堂に向かうトラックに乗り込むため、その運送会社に来たことがある。が、あの時は車だったせいか、会社の場所は全く覚えていない。

「もしかして、祐太郎君、小手川さんの会社に行ったことがあるの？」

そう聞くと、少し前を歩いていた祐太郎の歩調がちょっとだけ遅くなった。

「実は……。なりゆきで茉莉花ちゃんに公開告白してもうた後、ショックで放送局にも行かれへんようになったやん？　あの頃、何度か来たことあるねん」

自宅の住所は知らないが、ラジオドラマの企画書にトラックの出発地点として運送会社の住所があったのを思い出したという。

「社長さんもええ人で。小手川さんの仕事が終わるまで事務所で待っとき、て言うてコーヒーとか淹れてくれたりしてん」

小手川は黙って隣に座り、何かアドバイスするでもなく、祐太郎も傷ついた胸の内を吐き出すわけでもなく、ただ一緒にコーヒーを飲んだという。

そんなことが数日続いたある日、小手川が『ラジオのことは、ラジオの中で解決するしかないんちゃうかな』と呟くように言ったという。そして、なぜかはわからないが、その一言で、祐太郎は何となく、ふんわりラジオパーソナリティに戻ろうかな、と思ったという。

「そんなこと、小手川さん、一言も言わないから……。祐太郎君、ひとりで思い悩んでるんじゃないかと心配してたのよ」

「今さらだけど、あの時はすみません。あ、ここです」

広い敷地の奥に十台以上の大型トラックが並ぶ駐車場が二カ所ある。

敷地の端に停められた一台のトラックを洗車しているふたりの男性が見えた。ひとりは作業着姿の若いドライバーらしき男性、もうひとりはブルゾンを羽織った小手川だ。

足音を忍ばせて小手川に近づく祐太郎は満面の笑みで、白い歯がこぼれている。

背後までくると、熱心に話しこんでいる小手川と若い男性の会話が聞こえてきた。

「周りの車両の動きをよう見るんやで。普通車は平気で割り込んでくるからな。重量を積んでる時は、ブレーキもききにくいから気ぃつけや」

「はい！」

ドライバーは新人なのか、小手川の指導に対し、真剣な顔をして素直に返事をする。

小手川はフォークリフトの作業や事務仕事だけでなく、後進の教育も任されているようだ。彼はトラックのドアのあたりをタオルで拭きながら、更に指導を続けた。

「あと、整備の時は、エンジンオイルとラジエーターの水の量、タイヤの空気圧をようチェックしてな」

「わかりました！」

新人ドライバーのことが心配なのか、また何か思い出したように口を開きかけた小手川が、ようやく陽菜と祐太郎に気づいた。

「ええ!? なんでふたりがこんな所に?」

陽菜は思わず、えへ、と悪戯(いたずら)がバレた子供のように笑ってしまった。

「実はですね……」

思わせぶりに言葉を切り、一気に、

「ビギナーズ・ライブ、次のクールも継続決定です!」

と朗報を伝えた。隣では祐太郎が「イエーイ!」と声を上げ、パチパチと手を叩いている。小手川の口元に笑みがこぼれた。

「ほんまに? ああ、良かった。久能木さんの頑張りのおかげやね」

「いえいえ、小手川さんと祐太郎君のおかげですよ」

と口では謙遜しながらも、小手川に褒められたのが嬉しくて、ついついまんざらでもない顔になってしまわないよう表情を引き締める。

「実は昨日、みちのく食堂の大将から電話をもらったんですよ」

「え? そうなの?」

「ふたりは店を閉めて花巻の娘さん夫婦と同居を始めてんけど、急にやることもなくなってしもて、暇を持て余してたようなんです」

「そうなんだ……」

店を切り盛りするのは大変だっただろうが、生き甲斐にもなっていたはずだ。

「けど、前に久能木さんから教えてもらったradikoのことを伝えたら、ビギラブを聞き始めたみたいで。小手川さんのラジオ、毎週聞かせてもらってるよ、って連絡くれたんです……」

語尾を震わせた小手川が、目頭を押さえる。彼の老夫婦への思慕を思い出し、陽菜も知らず知らず鼻先がツンと熱くなる。

「今度、八十の手習いで、番組宛てにお便りを送ってみようと思う、って言うてくれたんです」

「えー!?　マジで?　大将や女将さんからのお便り、めっちゃ楽しみや!」

そう叫んだのは祐太郎だった。

小手川にはもう、ふたりが仲良く葉書を書いている場面が思い浮かんでいるかのように目を細めている。

「どこにおっても、ラジオを通してみちのく食堂のふたりと繋がれるんが嬉しいです」

小手川が満足そうな笑みを浮かべる。彼がまだ仕事中だったことを思い出し、

「じゃあ、来週もよろしくお願いします」

と、陽菜が頭を下げると、小手川は「ほな」と片手を上げ、洗車途中のトラックの方へ戻っていく。

さっきの新人が駆け寄ってきて「あの人たち、小手川さんの知り合いなんですか？『ビギラブ』って何すか？」と聞いている。

「何でもない、何でもない」

面倒くさそうにごまかす小手川の口元がほころんでいた。


駅に向かう道すがら、祐太郎が陽菜に聞いた。

「二階堂さんにはもう伝えたんですか？　ビギラブ継続のこと」

その質問にギクリとして足が止まりそうになる。

「え？　あ、いや。えっと……まだ」

動揺を隠しながら答えたつもりだが、祐太郎はきょとんとした顔で陽菜の顔を見る。

「先にパーソナリティのふたりに伝えたかったから」

「え？　そうなん？　久能木さんは真っ先に二階堂さんに報告すると思うてた」

「そう？」

「うん。なんて言うか……。二階堂さんのこと信頼してるっていうか、上司として頼ってるっていうか」

そんな風に思われていたのか……。

「いや、ほら、二階堂さん今、休暇中だし。だいたい、二階堂さんなんていなくても、私ひとりで番組回せるし」

そう断言してわけもなく「あははは」と笑ってしまい、祐太郎にますます不審そうな顔をされてしまった。

星のまたたく夜に

祐太郎と別れて桃山台の駅で降り、アパートに向かう坂道を歩きながら、ジーンズのポケットからスマホを出した。

——やっぱり二階堂さんにも番組継続を伝えたい。

けど、あのタイプは休暇中、会社携帯の電源をオフにしてるような気がする。

——思えば、二階堂さんの連絡先、会社が支給してるスマホの番号しか知らないんだよな……。

つまり、彼が東都テレビに戻ってしまったら、もう連絡も取れない関係なのだ。それを思い知らされ、とても心細い気持ちになった。

祐太郎が口にした「上司として頼ってる」という言葉が蘇る。けれど、二階堂は今日あたり番組継続の可否が決まることすら覚えていないだろう。

アパートの手前にある公園から、小学生らしき数人の子供たちが「早く、早く」と声を上げながら飛び出してくる。

すっかり陽も傾き、家に帰らないといけない時間なのだろう。

今や門限もない年齢となった陽菜は、はあ、とわけもなく溜息を吐きながら、人影もまばらになった公園に足を踏み入れた。

――ダメ元で二階堂さんに電話してみるか。

ベンチに腰を下ろし、半分諦めながらも二階堂の会社携帯に電話をかけてしまった。

「はい」

意外にもワンコールで二階堂の声が聞こえ、陽菜はあたふたした。

「え？　あ、あの……久能木です」

「ああ」

他の電話を待っていたかのような、素っ気ない「ああ」だ。

「二階堂さん、今、どこなんですか？」

もし、近くにいるなら、直接会ってビギラブ継続を伝えたい衝動に駆られる。

「ハワイ」

「は？　ハワイ？　たった三日間の休暇で、ハワイですか？」

「一泊三日。弾丸ツアーってヤツだよ。今、ワイキキビーチのデッキチェアーで、缶ビール片手に、今クールのドラマ視聴率をチェックしてるところだ」

「視聴率……。東都テレビのですか？」

未だに古巣の視聴率が気になるのか、と失望する。

「そうだよ。いやあ、ひどいもんだ。俺がいない東都テレビのドラマ視聴率は」

だから、東都テレビの社長じきじきに、「二階堂を戻して欲しい」とFMマインドに連絡が入ったのだろう。

「に、二階堂さん、テレビに戻っちゃうんですか?」

我ながら情けない声を出している、という自覚があった。だが、どうしても、心細さを隠せない。

「なんだ、知ってんのか? まあ、東都テレビの社長からは部長の席を用意する、と言われたんだが……」

その先を聞くのが恐ろしく、思わずゴクリと喉が鳴る。

「もちろん、断ってやったさ。突然クビにしといて調子が悪くなったら戻ってこいなんて、ふざけんな! ってな」

二階堂のことだから、だいぶ話を盛ってはいるだろう。

それでも、陽菜の口から、ほうっと安堵の息が漏れた。

「で? 何の用だ?」

二階堂がラジオの仕事を継続することがわかり、完全に緊張の糸が緩んだ。そして、その直後、嬉しさが爆発した。

「二階堂さん! ビギラブの続投、決まりました!」

恥ずかしいほど、声が跳ねている。それとは対照的に、二階堂の返事は、

「あ、そう」

と、やけに気のないものだった。

「あ、そう、って……。嬉しくないんですか!?　みんなで勝ち取った継続ですよ？」

ついついムキになってしまう。

「わかった、わかった。良かった、良かった。とにかく、俺は今、バカンス中なんだよ。邪魔すんな」

「はいはい。わかりましたよ。どうぞ、ごゆっくり」

いつもなら、怒りに任せて通話を切ってしまうところだが、今日はなぜかそれができない。テレビ局には戻らないらしいが、二階堂の口から番組のプロデューサーを続けると聞いてないからだ。

「ま、番組のヤツらにホノルルクッキーでも買って帰ってやんよ」

「何ですか、やんよ、って。若者か！」

「じゃあな」

二階堂が面倒くさそうな声で通話を切ろうとする。

「ま、待ってください！」

感情の抑揚を感じさせない二階堂の声が、ますます陽菜を不安にさせていた。

「ビギラブのプロデューサー、続けてくれるんですよね？」

「誰が辞める職場にホノルルクッキー買って行くかよ。あれ、結構、高いんだぞ。じゃあな。もう切るぞ」

二階堂らしい、遠まわしな続投宣言だった。

陽菜がホッと胸を撫でおろした時、二階堂のスマホのマイクが通行人らしき若者の声を拾った。

「明日、アドベンチャーワールド行く？」

「行く行く。その後、とれとれ市場も寄ってから、大阪帰ろかー」

そこで通話は切れた。

どうやら、二階堂はワイキキではなく、白浜でバカンスしているようだ。

――何がハワイだ。今頃、通販サイトでハワイ土産を注文しているに違いない。

心の中で毒づいた。

が、これからも二階堂が上司を続けてくれそうなことに心底安堵していた。

――二階堂さん。オトコとしては最低だけど、まだ未熟な私には必要な上司なんだよね。

それは認めざるを得なかった。

無意識のまま、じっとスマホを見つめていた陽菜が顔を上げると、すっかり陽が落ち、あたりは薄闇に包まれている。

外灯が照らす公園の奥のブランコに、セーラー服を着た女の子がぼんやり座っていた。

その姿に中学時代の自分が重なる。学校へ行くのも家に帰るのも憂鬱だった頃の自分だ……。

あの頃の孤独は容易く蘇ってきて、陽菜の気持ちを暗くする。

と、その時、手に持っているスマホが震えた。

「あれ？　まりんさん？」

着信表示を見てすぐ通話ボタンを押すと、穏やかな声が、

「陽菜ちゃん。ビギラブのディレクター継続、おめでとう。よくがんばったね」

と、労ってくれた。

がんばったね、という言葉に胸が震え、すぐに返事ができない。

「ありがとうございます」

それだけ答えるのが精いっぱいだった。

もっと沢山の感謝を伝えたかった。学生時代の自分を支えてくれたことも含めて。

けれど、喉が詰まったように言葉が出ない陽菜の胸の内を察したように、まりんの方から会話を切り上げた。

「じゃあ、またね。局で会いましょ」

「はい。また……」

ブースで会うことを約束して通話を終えると、ブランコに乗っていた女の子の姿は消えていた。家族か友達が迎えにきたのだろう。――そう思いたかった。

ふと、ラジオ局で父の背中を見送った夜を思い出した。わだかまりは解けたものの、あれっきり、連絡を取り合ってはいない。

――お父さん、どうしてるんだろ。

反射的にスマホを開き、連絡先を探していた。父の携帯番号はすぐに見つかった。

電話してみようか。

けれど、ブランクが長すぎて、気恥ずかしく、何を言えばいいかわからない。

メールにしようか。

けれど、メールなんて届いたら、よそよそしく感じるだろうか。

かと言って、電話だと会話が続かないような気がする。

やっぱり連絡するのはやめておこうか。

スマホをポケットにしまいかけた時、なぜか不意にさっき聞いた、まりんの声が鼓膜に蘇る。

『よくがんばったね』

その声に背中を押されたような気がして、陽菜は再びスマホのアドレス帳をクリックした。

「陽菜？　どうした？　何かあったのか？」

疎遠だった娘からのいきなりの電話に驚いたのか、心配そうな声だ。

「いや、何もないいんだけど……。私、正式にディレクターになりました」

うん、うん、と父が声を震わせている。

父の白髪まじりの頭と、優しい笑顔が目に浮かんだ。

思えば、自分に向けられる父の笑顔は、ずっと変わらなかった。なのに、なぜ、私は父を信じることができなかったのだろう……。申し訳なさで胸がいっぱいになる。

「ごめんなさい……」

それ以上、何も言えなくなって、通話を切ってしまった。

呼吸を整え、気持ちを落ち着けてから、短いメールを送った。

――お父さん。今度、ごはん、おごるね。

約束して見上げた空に、沢山の星がまたたいていた。

ＪＡＳＲＡＣ 出 二四〇四六八九－四〇一

本書は、集英社文庫のために書き下ろされた作品です。

集英社文庫　目録（日本文学）

深町秋生　オーバーキル　バッドカンパニーII
深町秋生　スリーアミーゴス　バッドカンパニーIII
深緑野分　カミサマはそういない
福田和代　怪物
福田和代　緑衣のメトセラ
福田和代　梟の一族
福田和代　梟の胎動
福田和代　梟の好敵手
福田隆浩　熱風
ふくだももこ　おいしい家族
福本清三／小田豊二　どこかで誰かが見ていてくれる　日本一の斬られ役　福本清三
藤井誠二　沖縄アンダーグラウンド　売春街を生きた者たち
藤岡陽子　金の角持つ子どもたち
藤岡陽子　きのうのオレンジ
藤島大　北風　小説　早稲田大学ラグビー部
藤田宜永　はなかげ

藤野可織　パトロネ
藤本ひとみ　快楽の伏流
藤本ひとみ　離婚まで
藤本ひとみ　令嬢テレジアと華麗なる愛人たち
藤本ひとみ　ブルボンの封印(上)(下)
藤本ひとみ　ダ・ヴィンチの愛人
藤本ひとみ　マリー・アントワネットの恋人
藤本ひとみ　令嬢たちの世にも恐ろしい物語
藤本ひとみ　皇后ジョゼフィーヌの恋
藤原章生　絵はがきにされた少年
藤原新也　全東洋街道(上)(下)
藤原新也　アメリカ
藤原新也　ディングルの入江
藤原美子　我が家の流儀　藤原家の闘う子育て
藤原美子　家族の流儀　藤原家の褒める子育て
布施祐仁／三浦英之　日報隠蔽　自衛隊が最も「戦場」に近づいた日

船戸与一　猛き箱舟(上)(下)
船戸与一　炎　流れる彼方
船戸与一　虹の谷の五月(上)(下)
船戸与一　降臨の群れ(上)(下)
船戸与一　河畔に標なく
船戸与一　夢は荒れ地を
船戸与一　蝶舞う館
古川日出男　サウンドトラック(上)(下)
古川日出男　gift
古川日出男　あるいは修羅の十億年
古川真人　背高泡立草
辺見庸　水の透視画法
保坂展人　いじめの光景
保坂祐希　ビギナーズ・ライブ！
星野智幸　ファンタジスタ
星野博美　島へ免許を取りに行く

集英社文庫　目録（日本文学）

干場義雅　世界のビジネスエリートは知っている お洒落の本質
干場義雅　色気力
細谷正充・編　時代小説傑作選 江戸の爆笑力
細谷正充　宮本武蔵の『五輪書』が面白いほどわかる本
細谷正充・編　時代小説アンソロジー くノ一、百華
細谷正充・編　野辺に朽ちぬとも 吉田松陰と松下村塾の男たち
細谷正充・編　新選組傑作選 誠の旗がゆく
細谷正充・編　時代小説傑作選 土方歳三がゆく
堀田善衞　若き日の詩人たちの肖像（上・下）
堀田善衞　めぐりあいし人びと
堀田善衞　ミシェル城館の人 第一部 争乱の時代
堀田善衞　ミシェル城館の人 第二部 自然 理性 運命
堀田善衞　ミシェル城館の人 第三部 精神の祝祭
堀田善衞　ラ・ロシュフーコー公爵傳説
堀田善衞　上海にて
堀田善衞　ゴヤ I スペイン・光と影
堀田善衞　ゴヤ II マドリード・砂漠と緑
堀田善衞　ゴヤ III 巨人の影に
堀田善衞　ゴヤ IV 運命・黒い絵
穂村弘　本当はちがうんだ日記
堀辰雄　風立ちぬ
堀江貴文　徹底抗戦
堀江敏幸　なずな
本上まなみ　めがね日和
本多孝好　MOMENT
本多孝好　正義のミカタ I'm a loser
本多孝好　WILL
本多孝好　MEMORY
本多孝好　ストレイヤーズ・クロニクル ACT-1
本多孝好　ストレイヤーズ・クロニクル ACT-2
本多孝好　ストレイヤーズ・クロニクル ACT-3
本多孝好　Good old boys
誉田哲也　あなたが愛した記憶
本多有香　犬と、走る
本間洋平　家族ゲーム
前川奈緒 深谷かほる・原作　ハガネの女
槇村さとる　イマジン・ノート
槇村さとる キム・ミョンガン　あなた、今、幸せ？
槇村さとる　ふたり歩きの設計図
万城目学　ザ・万遊記
万城目学　偉大なる、しゅららぼん
増島拓哉　闇夜の底で踊れ
益田ミリ　言えないコトバ
益田ミリ　夜空の下で
益田ミリ　泣き虫チエ子さん 愛情編
益田ミリ　泣き虫チエ子さん 旅情編
益田ミリ　かわいい見聞録
枡野浩一　ショートソング

集英社文庫

ビギナーズ・ライブ！

2024年7月25日　第1刷　　定価はカバーに表示してあります。

著　者　保坂祐希（ほさかゆうき）

発行者　樋口尚也

発行所　株式会社 集英社
東京都千代田区一ツ橋2-5-10　〒101-8050
電話　【編集部】03-3230-6095
【読者係】03-3230-6080
【販売部】03-3230-6393（書店専用）

印　刷　株式会社広済堂ネクスト

製　本　株式会社広済堂ネクスト

フォーマットデザイン　アリヤマデザインストア　　マークデザイン　居山浩二

ISBN978-4-08-744675-3 C0193